冯骥才 著

散文新编

四君子图

人民文学出版社

图书在版编目(CIP)数据

四君子图/冯骥才著.—北京:人民文学出版社,2016
(冯骥才散文新编)
ISBN 978-7-02-012034-5

Ⅰ.①四… Ⅱ.①冯… Ⅲ.①散文集—中国—当代 Ⅳ.①I267

中国版本图书馆CIP数据核字(2016)第227605号

责任编辑　杜　丽
装帧设计　刘　静
责任印制　刘志宏

出版发行　人民文学出版社
社　　址　北京市朝内大街166号
邮政编码　100705
网　　址　http://www.rw-cn.com

印　　刷　三河市鑫金马印装有限公司
经　　销　全国新华书店等

字　　数　169千字
开　　本　880毫米×1230毫米　1/32
印　　张　8.125　插页　3
印　　数　6001—9000
版　　次　2018年2月北京第1版
印　　次　2018年8月第2次印刷

书　　号　978-7-02-012034-5
定　　价　32.00元

如有印装质量问题,请与本社图书销售中心调换。电话:010-65233595

总序:我的散文书架

冯骥才

我将这"散文新编"的选题称之为一种"散文书架",然后放上我为此精选的五本散文小书。

在我的文字生涯中,小说写作之外,便是散文。其实这也很自然,我们日常随手写下的文字:随感、随笔、笔记、日记、手札,不都是散文吗?小说是虚构出来的,是无中生有,要是说得"伟大"一些,是一种艺术创造;散文则是有感而发,信手拈来,要是说得"高贵"一些,是一种心灵实录。小说看重文本,它表现作家的本领;散文则更重人本,它直接显示作家本人的气质。这么一说,散文更难了吗?

要说难,还是难在散文的历史上。中国是散文的大国。唐宋时期的小说还处在故事传奇阶段,散文已是大师巨匠如巨峰林立,名篇杰作似满天星斗。这可能与那时候崇文有关。那时连选取官员都要看文章写得优劣。不像近现代,没什么文化也能做官,甚至还可以做大官。从文学史的另一方面说,诗歌的成熟又在散文的前边,散文辄必受诗歌的影响,讲究方块字的使用,甚至追求一点诗性了。这么一说,在中国写散文就更不易了。中国人太懂得散文,一读就知道文笔如何。我不知深浅,即兴操笔,涂抹为快,一路下来竟写了这么多散文,数一数,长长短短总有几百篇,幸好人文社这套书要求的字数不多,可以尽量去粗取精。

编撰这种散文集在分类上有两种方式:一是由体裁分,一是从题材分。我采用后一种,这是因为我的体裁太杂,样式迥异,长短随性,由题材划分便易于理出头绪,因成抒情(《花脸》)、人物(《四君子图》)、游记(《散漫的天性》)、艺术(《关于艺术家》)、田野(《南乡三十六村》)五卷。抒情卷多是感物时伤,人物卷为怀念故人,游记卷是异域情怀,艺术卷乃艺术感悟,田野卷是我这些年来文化抢救时,在大地深处的文化见识以及种种忧思。编选之时尽力"矬子中拔将军",将心中尚觉有点味道的东西奉献给读者,同时也是将自己小说外的写作,做一次总结与筛选吧。是为序焉。

2016.7.4

目 录

致大海 ································· 1
草婴先生 ······························· 10
怀念老陆 ······························· 15
送谢晋 ································· 19
茅盾老人 ······························· 25
巴金百岁 ······························· 29
怀念曹禺 ······························· 32
双倍的悼念 ····························· 35
记韦君宜 ······························· 38
进天堂的吴冠中 ························· 45
在雅典的戴先生 ························· 51
丁聪写意 ······························· 56
秋日里对春风的怀念 ····················· 59
为李福清院士祈福 ······················· 62
司格林教授 ····························· 67
留得清气满乾坤 ························· 73

四君子图 ······························· 76

话说王蒙 ………………………………………… 81
蹲在电话里的维熙 ……………………………… 98
七夕·摩喝乐·仲爷 …………………………… 103
风景里的山峰 …………………………………… 108
爱在文章外 ……………………………………… 112
在摩耶精舍看明白了张大千 …………………… 118
法国人肚子里的中国画家 ……………………… 123
平山郁夫的境界 ………………………………… 130
对一位背对市场艺术家的精神探访 …………… 140

大话美林 ………………………………………… 148
儒雅最是步武君 ………………………………… 156
一生都付母亲河 ………………………………… 159
魏勒夫人 ………………………………………… 164
阿列克和他的乡村别墅 ………………………… 172
回忆我的篮球教练 ……………………………… 186

凌汛 ……………………………………………… 189

致 大 海

——为冰心送行而作

今天是给您送行的日子,冰心老太太!

我病了,没去成,这也许会成为我终生的一个遗憾。但如果您能听到我这话,一准会说:"是你成心不来!"那我不会再笑,反而会落下泪来。

十点钟整,这是朋友们向您鞠躬告别的时刻,我在书房一片散尾竹的绿影里跪伏下来,向着西北方向——您遥远的静卧的地方,恭敬地磕了三个头。然后打开音乐,凝神默对早已备置在案前的一束玫瑰。当然,这就是面对您。本来心里缭乱又沉重,但渐渐的我那特意选放的德彪西的《大海》发生了神奇的效力,涛声所至,愁云扩散。心里渐如海天一般辽阔与平静。于是您往日那些神气十足的音容笑貌全都呈现出来,而且愈来愈清晰,一直逼近眼前。

我原打算与您告别时,对您磕这三个头。当然,绝大部分人一定会诧异于我何以非要行此大礼。他们哪里知道这绝非一种传统方式,一种中国人极致的礼仪,而是我对您特殊的爱的方式,这里边的所有细节我全部牢牢记得。

八十年代末,一个您生命的节日——十月五日。我在天津东

郊一位农人家中,听说他家装了电话,还能挂长途,便抓起话筒拨通了您家。我对着话筒大声说:

"老太太,我给您拜寿了!"

您马上来了幽默。您说:"你不来,打电话拜寿可不成。"您的口气还假装有点生气。但我却知道在电话那端,您一定在笑,我好像看见了您那慈祥的并带着童心的笑容。

为了哄您高兴。我说:"我该罚,我在这儿给您磕头了!"

您一听果然笑了,而且抓着这个笑话不放,您说:"我看不见。"

我说:"我旁边有人,可以作证。"

您说:"他们都是你一伙的,我不信。"

本来我想逗您乐,却被您逗得乐不可支。谁说您老,您的机敏和反应能超过任何年轻人。我只好说:"您把这笔账先记在本子上。等我和您见面时,保证补上。"

这便是磕头的来历,对不对?从此,它成了每次见面必说的一个玩笑的由头。只要说说这个笑话,便立即能感受到与您之间那种率真、亲切、又十分美好的感觉。

大约是一九九二年底,我在中国美术馆举办画展期间,和妻子顾同昭,还有三两朋友一同去看您。那天您特别爱说话,特别兴奋,特别精神;您一向底气深厚的嗓音由于提高了三度,简直洪亮极了。您说,前不久有一位大人物来看您,说了些"长寿幸福"之类的吉祥话。您告诉他,您虽长寿,却不总是幸福的。您说自己的一生正好是"酸甜苦辣"四个字。跟着您把这四个字解释得明白有力,铮铮作响。

您说,您的少时留下许多辛酸——这是酸;青年时代还算留下

上世纪九十年代看望冰心

一些甜美的回忆——这是甜;中年以后,"文革"十年,苦不堪言——这是苦;您现在老了,但您现在却是——"姜是老的辣"。当您说到这个"辣"字时,您的脖子一梗。我便看到了您身上的骨气。老太太,那一刻您身上真是闪闪发光呢!

这话我当您的面是不会说的。我知道,您不喜欢听这种话,但我现在可以说了。

记得那天,您还问我:"要是碰到大人物,你敢说话吗?"没等我说,您又进一步说道,"说话谁都敢,看你说什么。要说别人不敢说、又非说不可的话。冯骥才——你拿的工资可是人民给的,不是领导给的。领导的工资也是人民给的。拿了人民的钱就得为人民说话,不要怕!"

说完您还着意地看了我一眼。

老太太,您这一眼可好厉害。您似乎要把这几句话注入我的骨头里。但您知道吗?这也正是我总愿意到您那里去的真正缘故。

我喜欢您此时的样子,很气概,很威风,也很清晰。您吐字和您写字一样,一笔一画,从不含混。您一生都明达透彻,思想在脑海里如一颗颗美丽的石子沉在清亮见底的水中。您享受着清晰,从来不委身于糊涂。

再说那天,老太太!您怎么那么高兴。您把我妻子叫到跟前,您亲亲她,还叫我也亲亲她。大家全笑了。您把天堂的画面搬到大家眼前,融融的爱意使每一个人的心情都充满美好。于是在场的朋友们说,冯骥才总说给冰心磕头拜寿,却没见过真的磕过头。您笑嘻嘻地说我:"他是个口头革命派!"

我听罢,立即趴在地上给您磕了三个头。您坐在轮椅上无法阻拦我,但我听见您的声音:"你怎么说来就来。"等我起身,见您被逗得正在止不住地笑,同时还第一次看到您挺不好意思的表情。我可不愿意叫您发窘。我说:"照老规矩,晚辈磕头,得给红包。"

您想了想,边拉开抽屉,边说:"我还真的有件奖品给你。今年过生日时,有人给我印了一种寿卡,凡是朋友们来拜寿,我就送一张给他作纪念。我还剩点儿,奖给你一张吧!"

粉红色的卡片精美雅致,名片大小,上边印着金色的寿字,还有您的名字与生日的日子。卡片的背面是您手书自己的那句座右铭:"有了爱便有了一切。"

您说,这寿卡是编号的,限数一百。您还说,这是他们为了叫您长命百岁。

我接过寿卡一看,编号77,顺口说:"看来我既活不到您这分量,也活不到您这岁数了。"

您说:"胡说。你又高又大,比我分量大多了。再说你怎么知道自己不长寿?"

我说:"编号一百是百岁,我这是77号,这说明我活七十七岁。"

您嗔怪地说:"更胡说了。拿来——"您要过我手中的寿卡,好像想也没想,拿起桌上的圆珠笔在编号每个"7"字横笔的下边,勾了半个小圈儿,马上变成99号了!您又写上一句:"骥才万寿,冰心,1992.12.20"。

大家看了大笑,同时无不惊奇。您的智慧、幽默、机敏,令人折服。您的朋友们都常常为此惊叹不已!尽管您坐在轮椅上,您的思维之神速却敢和这世界上任何人赛跑。但对于我,从中更深深的感动则来自一种既是长者又是挚友的爱意。可使我一直不解的是,您历经那么多时代的不幸,对人间的诡诈与丑恶的体验较我深切得多。然而,您为何从不厌世,不避世,不警惕世人,却对人们依然始终紧拥不弃,痴信您那句常常会使自己陷入被动的无限美好的格言"有了爱便有了一切"?这到底是为了一种信念,还是一种天性使然?

我想到一件更远的事。

那时吴文藻先生还在世。那天是您和吴先生金婚的纪念日。我和楚庄、邓伟志等几位文友去看您。您那天新裤新褂,容光焕发;您总是这么神采奕奕,叫大家无论碰到怎样的打击也无法再垂头丧气。

那天聊天时,没等我们问您就自动讲起当年结婚时的情景。您说,您和吴文藻度蜜月,是相约在北京西山的一个古庙里。

您当时的神气真像回到了六十年前——

您说,那天您在燕京大学讲完课,换一件干净的蓝旗袍,把随身用品包一个方方正正的小布包,往胳肢窝里一夹就去了。到了西山,吴文藻还没来——说到这儿,您还笑一笑说:"他就这么糊涂!"

您等待时间长了,口渴了,便在不远的农户那儿买了几根黄瓜,跑到井边洗了洗,坐在庙门口高高的门槛上吃黄瓜,一时引得几个农家的女人来到庙前瞧新媳妇。这样直等到您的新郎吴文藻姗姗来迟。

您结婚的那间房子是庙里后院的一间破屋,门关不上,晚上屋里经常跑大耗子,桌子有一条腿残了,晃晃荡荡。"这就是我们结婚的情景。"说到这儿,您大笑,很快活,弄不清您是自嘲,还是为自己当年的清贫又洒脱而扬扬自得。这时您话锋一转,忽问我:

"冯骥才,你怎么结的婚?"

我说:"我还不如您哪。我是'文革'高潮时结的婚!"

您听了一怔,便说:"那你说说。"

我说那时我和未婚妻两家都被抄了,结婚没房子,街道赤卫队队长人还算不错,给我们一间几平米的小屋。结婚那天,我和我爱人的全家去了一个小饭馆吃饭。我父亲关在牛棚,母亲的头发被红卫兵铰了,没能去。我把劫后仅有的几件衣服叠了叠,放在自行车后车架上,但在路上颠掉了,结婚时两手空空。由于我们都是被抄户,更不敢说"庆祝"之类的话,大家压低嗓子说:"祝贺你们!"然后不出声地碰一下杯子。

饭后我们就去那间小屋。屋里空荡荡,四个房角,看得见三个。床是用砖块和木板搭的。要命的是,我这间小屋在二楼,楼下是一个红卫兵"总部"。他们得知楼上有两个"狗崽子"结婚,虽然没上来搜查盘问,却不断跑到院里往楼上吹喇叭,还一个劲儿打手电,电光就在我们天花板上扫来扫去。我们便和衣而卧。我爱人吓得靠在我胸前哆嗦了一个晚上。"这就是我们的新婚之夜!"我说。

我讲述这件事时,您听得认真又紧张。我想完事您一定会说出几句同情的话来。可是您却微笑又严肃地对我说:"冯骥才,你可别抱怨生活,你们这样的结婚才能永远记得,大鱼大肉的结婚都是大同小异,过后是什么也记不住的。"

您的话使我出其不意。

一下子,您把我的目光从一片荆棘的困扰中引向一片大海。

哎哎,您没有把我送给您那幅关于海的画带走吧?

那幅画我可是特意为您画得那么小,您的房间太窄,没有挂大画的墙壁。但是您告诉我："只要是海,都是无边的大。"

我把您那本译作《先知》的封面都翻掉了。因此我熟悉您这种诗样的语言所裹藏的深邃的寓意。我送给您一幅画,您送给我这一句话。

我在那幅蓝色的画里,给您画了许多阳光;您在这个短句中,给了我无尽的放达的视野。

在与您的交往中,我懂得了什么是"大"。大,不是目空一切,不是作宏观状,不是超然世外,或从权力的高度俯视天下。人间的事物只要富于海的境界都可以既博大又亲近,既辽阔又丰盈。那便是大智,大勇,大仁,大义,大爱,与正大光明。

德彪西的《大海》全是画面。

被狂风掀起的水雾与低垂的阴云融成一片;雪色的排天大浪迸溅出的全是它晶莹透明的水珠。一束夕照射入它蓝幽幽的深处,加倍反映出夺目的光芒。瞬息间,整个世界全是细密的迷人的柔情的微波。大海中从无云影,只有阳光。这因为,它不曾有过瞬息的静止;它永远跃动不已的是那浩瀚又坦荡的生命。

这也正是您的海。我心里的您!

我忽然觉得,我更了解您。

我开始奇怪自己,您在世时,我不是对您已经十分熟悉与理解了吗?但为什么,您去了,反倒对您忽有所悟,从而对您认识更深,感受也更深呢?无论是您的思想、气质、爱,甚至形象,还有您的意义。这真是个神奇的感觉!于是,我不再觉得失去了您,而是更广阔又真切地拥有了您;我不再觉得您愈走愈远,却感到您从来没有像此刻这样的贴近。远离了大海,大海反而进入我的心中。我不曾这样为别人送行过。我实实在在是在享受着一种境界。并不知不觉在我心里响起少年时代记忆得刻骨铭心的普希金那首长诗《致大海》的结尾：

> 再见吧，大海！我永远不会
> 忘记你庄严的容光，
> 我将久久地久久地听着
> 你黄昏时分的轰响；
> 我的心将充满了你，
> 我将把你的山岩，你的海湾，
> 你的光和影，你浪花的喋喋，
> 带到森林，带到寂寞的荒原。

1999.3.19 深夜.天津

草婴先生

三年前的春天里意外接到一个来自上海的电话。一个沙哑的嗓音带着激动时的震颤在话筒里响着:"我刚读了你的《一百个人的十年》,叫我感动了好几天。"我问道:"您是哪一位?"他说:"我是草婴。"我颇为惊愕:"是大翻译家草婴先生?"话筒里说:"是草婴。"我情不自禁地说:"我才感动您一两天,可我被您感动了几十年。"

我自诩为草婴先生的最忠实的读者之一。从《顿河的故事》《一个人的遭遇》到《复活》,我读过不止两三遍,甚至能背诵那些名著里一些精彩的段落。对翻译家的崇拜是异样的。你无法分出他们与原作者。比如傅雷和巴尔扎克,汝龙和契诃夫,李丹和雨果,草婴和托尔斯泰,还有肖洛霍夫。他们好像是一个人。你会深信不疑他们的译笔就是原文,这些译本就是那些异国的大师用中文写的!记得二十世纪七十年代末我住在人民文学出版社写长篇小说时,刚刚开禁了世界名著。出版社打算出一本契诃夫的小说选,但不知出于何故,没有去找专门翻译契诃夫的翻译家汝龙,而是想另请他人重译。为了确保译本质量,便从契诃夫的小说中选了《套中人》和《一个小公务员之死》两个短篇,分别交给几位俄文翻译家重译。这些译者皆是高手。谁知交稿后都不如汝龙那么传神,虽然译得像照片那样准确无误,但契诃夫本人好像从这些译文里跑走了。文学翻译就是这样——如果请汝龙来翻译肖洛霍夫或托尔斯泰,肯定很难达到草婴笔下的豪迈与深邃。甚至无法在稿纸上铺展出托尔斯泰像江河那样弯弯曲曲又流畅的长句子。然而契诃夫的精短、灵透与伤感,汝龙凭着标点就可以表达出来。究竟是什么可以使翻译家与原作者这样灵魂相通?是一种天性的契合吗?他们在外貌也会有某些相似吗?这使我特别想见一见草婴先生。

几个月后去南通考察蓝印花布,途经上海。李小林说要宴请我。我说烦你请草婴先生来一起坐坐吧。谁想见面一怔。草婴竟是如此一位瘦小的老人。年已八旬的他虽然很健朗,腰板挺直,看上去却是那种典型的骨骼轻巧的南方文人。和他握手时,感觉他的手很细小。他静静地坐在那里,举止的动作很小,说话的口气十分随和,无论如何与托尔斯泰的浓重与恢宏以及肖洛霍夫的野性联系不到一起。

朋友间伴随美酒佳肴的话题总是漫无边际。但我还是抓空儿不断地把心中的问题提给草婴先生。

从断续的交谈里,我知道他的俄语是十几岁时从客居上海的俄国女侨民那里学到的。那时进步的思想源头在北边的苏联,许多年轻人学习俄语为了直接去读俄文书,为了打开思想视野和寻找国家的出路。等到后来——可能是1941年吧,他为地下党和塔斯社合作的《时代》周刊翻译电讯与文稿,就自觉地把翻译作为一种思想武器了。当时许多大作家也兼做翻译,都是出于一个目的:把进步的思想引进中国。比如鲁迅、巴金、郭沫若、冰心等。我读过徐迟先生四十年代初在重庆出版的《托尔斯泰传》,书挺薄,纸张很黑,很糙。他在这本书的"后记"中说,当时正处于抗战时期,纸张奇缺,《托尔斯泰传》总共有五百页,无法全部出版,最多只能印其中的一百多页。他之所以把这部分译稿印出来,是为了向国人介绍一种"深刻的思想"。

这恐怕就是那一代翻译家的想法了。翻译对于他们是文学事业的一部分,也是一种重要的精神和思想的方式。

八十年代初,"文革"后文艺的复苏时期,出版部门曾想聘请草婴先生主持翻译出版工作,被他婉拒,他坚持做翻译家,立志要翻译托尔斯泰的全部作品。

"我们确实需要一套经典的托尔斯泰全集。"我说。

他接下来讲出的理由是我没想到的。他说:"在十年'文革'的煎熬中,我深刻认识到缺乏人道主义的社会会变得多么可怕。没有经过人文主义时期的中国非常需要人道主义的启蒙和滋育。托尔斯泰作品的全部精髓就是人道主义!"是呵,巴金不是称托尔斯泰是"十九世纪世界的良心"吗?

他选择做翻译的出发点基于国人的需要。当然是一个有见地的知识分子眼中的国人的需要。

原来翻译家的工作不是"搬运"别人的作品。不仅仅是谋生手段或技术性很强的职业。它可以成为一种影响社会、开启灵魂、建设心灵的事业。近百年来,翻译家们不常常是中国思想史的主角吗?

在自己敬重的人身上发现到新的值得敬重的东西,是一种收获,也是满足。我感到,我眼前这个瘦小的南方文人竟可以举起一个时代不能承受之重。在我和他道别握手时,他的手好似也变得

在上海与草婴先生见面

坚实有力了。

　　我感谢他。他叫我看到翻译事业这座大山令人敬仰的高处。

2006.夏日

怀念老陆

近些天常常想起老陆来。想起往日往事的那些难忘的片断,还有他那张始终是温和与宁静的脸,一如江南的水乡。

老陆是我对他的称呼。国文和王蒙则称他文夫。他们是一代人。世人分辈,文坛分代。世上一辈二十岁,文坛一代是十年。我视上一代文友有如兄长。老陆是我对他一种亲热的尊称。

我和老陆一南一北很少往来,偶然在京因会议而邂逅,大家聚餐一处,老陆身坐其中,话不多,但有了他便多一份亲切。他是那种人——多年不见也不会感到半点陌生和隔膜。他不声不响坐在那里,看着从维熙逞强好胜地教导我,或是张贤亮吹嘘他的西部影城如何举世无双,从不插话,只是面含微笑地旁听。我喜欢他这种无言的笑。温和、宽厚、理解,他对这些个性大相径庭的朋友们总是抱之以一种欣赏——甚至是享受。

这不能被简单地解释为"与世无争"。没有一个作家会在思想原则上做和事佬。凡是读过他的《围墙》乃至《美食家》,都会感受到他的笔尖里的针芒。只不过他常常是绵里藏针。我想这既源自他的天性,也来自他的小说观。他属于那种艺术性的作家,他把小说当作一种文本的和文字的艺术。高晓声和汪曾祺都是这样。他们非常讲究技巧,但不是技术的,而是艺术的和审美的。

一次我到无锡开会,就近去苏州拜访他。他陪我游拙政、网师诸园。一边在园中游赏,一边听他讲苏州的园林。他说,苏州园林的最高妙之处,不是玲珑剔透,极尽精美,而是曲曲折折,没有穷尽。每条曲径与回廊都不会走到头。有时你以为走到了头,但那里准有一扇小门或小窗。推开望去,又一番风景。说到此处,他目光一闪说:"就像短篇小说,一层包着一层。"我接着说:"还像吃桃子,吃去桃肉,里边有个核儿,敲开核儿,又一个又白又亮又香的桃仁。"老陆听了很高兴,禁不住说:"大冯,你算懂小说的。"

此时,眼前出现一座水边的厅堂。那里四边怪石相拥,竹树环合,水光花影投射厅内,厅中央陈放着待客的桌椅,还有一口天青色素釉的瓷缸,缸里插着一些长长短短的书轴画卷。乃是每有友人来访,本园主人便邀客人在此欣赏书画。厅前悬挂一匾,写着"听松读画堂"。老陆问我,为什么写"读画"不写"看画",画能读吗?我说,这大概与中国画讲究文学性有关。古人常说的"诗画相生"或"诗是无形画,画是有形诗"。这些诗意与文学性藏在画中,不能只用眼看,还要靠读才能理解到其中的意味。老陆说,其实园林也要读。苏州园林真正的奥妙是这里边有诗文,有文学。我听到的能对苏州园林做出如此彻悟只有二位:一是园林大师陈从周——他说苏州园林有书卷气;另一位便是老陆,他一字道出欣赏苏州园林乃至中国园林的要诀:读。

读,就是从文学从诗角度去体会园林内在的意蕴。

记得那天傍晚,老陆在得月楼设宴招待我。入席时我心中暗想,今儿要领略一下这位美食家的真本领究竟在哪里了。席间每一道菜都是精品,色香味俱佳,却看不出美食家有何超人的讲究。饭菜用罢,最后上来一道汤,看上去并非琼汁玉液,入口却是又清爽又鲜美,直喝得胃肠舒畅,口舌愉悦,顿时把这顿美席提升到一个至高境界。大家连连呼好。老陆微笑着说:"一桌好餐关键是最后的汤。汤不好,把前边的菜味全遮了;汤好,余味无穷。"然后目光又是一闪,好似来了灵感,他瞅着我说,"就像小说的结尾。"

我笑道:"老陆,你的一切全和小说有关。"

于是我更明白老陆的小说缘何那般精致、透彻、含蓄和隽永。他不但善于从生活中获得写作的灵感,还长于从各种意味深长的事物里找到小说艺术的玄机。

然而生活中的老陆并不精明,甚至有点"迂"。我听到过一个关于他"迂"到极致的笑话。那是二十世纪八十年代中期,老陆当选中国作协副主席。据说苏州当地政府不知他这职务是什么"级别",应该按什么"规格"对待。电话打到北京,回答很模糊,只说"相当于副省级"。这却惊动了地方,苏州还没有这么大的官儿,很快就分一座两层小楼给他,还配给他一辆小车。老陆第一次在新居接待外宾就出了笑话。那天,他用车亲自把外宾接到家来。但楼门口地界窄,车子靠边,只能由一边下人。老陆坐在外边,应当先下车。但老陆出于礼貌,让客人先下车,客人在里边出不来,老陆却执意谦让,最后这位国际友人只好说声:"对不起",然后伸着长腿跨过老陆跳下车。

后来见到老陆,我向他核实这则文坛轶闻的真伪。老陆摆摆手,什么也不说,只是笑。不知这摆手,是否定这个瞎诌的玩笑,还是羞于再提那次的傻实在?

说起这摆手,我永远会记着另一件事。那是1991年冬天,我在上海美术馆开画展。租了一辆卡车,运满满一车画框由天津出发,车子走了一天,凌晨四时途经苏州时,司机打盹,一头扎进道边的水沟里,许多画框玻璃粉粉碎。当时我不知道这件事,身在苏州的陆文夫却听到消息。据说在他的关照下,用拖车把我的车拉出沟,并拉到苏州一家车厂修理,还把镜框的玻璃全部配齐。这便使我三天后在上海的画展得以顺利开幕,否则便误了大事。事后我打电话给老陆,几次都没找到他。不久在北京遇到他,当面谢他。他也是伸出那瘦瘦的手摆了摆,笑了笑,什么也没说。

他的义气,他的友情,他的真切,都在这摆摆手之间了。这一摆手,把人间的客套全都挥去,只留下一片真心真意。由此我深刻地感受到他的气质。这气质正像本文开头所说的一如江南水乡的宁静、平和、清淡与透彻,还有韵味。

作家比其他艺术家更具有生养自己的地域的气质。作家往往是那一块土地的精灵。比如老舍和北京,鲁迅和绍兴,巴尔扎克和巴黎。他们的心时时感受着那块土地的欢乐与痛苦。他们的生命与土地的生命渐渐地溶为一体——从精神到形象。这便使我们一想起老陆,总会在眼前晃过苏州独有的景象。于是,老陆去世那些天,提笔作画,不觉间一连画了三四幅水墨的江南水乡。妻子看了,说你这几幅江南水乡意境很特别,静得出奇,却很灵动,似乎有一种绵绵的情味。我听了一怔,再一想,我明白了,我怀念老陆了。

2005.8.8

送谢晋

我曾对一向生龙活虎的谢晋说:"你能活到二十二世纪。"但他辜负了我的祝愿,今天断然而去,只留下朋友们对他深切的痛惜与怀念以及一片浩阔的空茫。

前不久,台湾导演李行来访,谈到夏天里谢晋在台北摔伤,流了许多血,"当时的样子很可怕,把我们都吓坏了",跟着又谈到谢晋老年丧子。我说老谢曾经特意把他儿子谢衍的处女作《女儿红》剧本寄给我,嘱我"非看不可"。李行说谢晋对谢衍这条根脉很在乎,丧子之痛会伤及他的身体。这时我忽然感到老谢今年有点流年不利。心想今年若去南方,要设法绕道去上海看看他。但现在这一切都只是过往的一些毫无意义的念头了。

太熟太熟的一位朋友了。自八十年代以来在政协、文联以及大大小小各种会议和活动中,无论是会场上相逢相遇,还是在走廊或人群中打个照面,都会有种亲切感掠心而过。老谢是个亲和、简单、没有距离感的人。在我的印象中,他几十年说的话似乎只有三个内容:剧本、演员,为电影的现状焦急。他脑袋里再放不进去别的东西。如果你想谈别的——那你只好去自言自语,他听似没听进去;但只要你停下来,他立即开始大谈他的剧本和演员,或者对电影业种种弊端发火。他发火时根本不管有谁在座。这时的老谢直率得可爱。他认为他在为电影说话,不用顾及谁爱听或不爱听。他从不谈自己;他的心里似乎没有自己。他口中总是挂着斯琴高娃、姜文、陈道明、潘虹、刘晓庆、宋丹丹和第五代导演们那些出色的电影精英。他眼里全是别人的优点。能欣赏别人的优点是快乐的。还听得出来,他为拥有这些精英的中国电影而骄傲。

在此之外的老谢一刻不停地忙忙碌碌,找演员、搭班子、谈经费、来去匆匆去看外景。难得一见的是他在某个会议餐厅的一角,面前摆着从自助餐的菜台拣的一碟子爱吃的菜,还戳着一瓶老酒,临时拉不到酒友就一人独酌。这便是老谢最奢侈也是最质朴的人生享受了。他说全凭着酒,才能在野战军般南征北战的拍片生涯中落下一副好身骨。他说,这琼浆玉液使得他血脉流畅,充满活力。前七八年我和他在京东蓟县选外景时,他不小心被什么绊了一跤,摔得很重,吓坏了同行的人,老谢却像一匹壮健的马,一跃而起,满脸憨笑,没受一点伤。那年他78岁。

天生的好身体是他天性好强的本钱。他好穿球鞋和牛仔裤,喜欢独来独往,不喜欢陪伴,一位标准的职业电影人。虽然他穿上西服挺漂亮,但他认为西服是"自由之敌"。他从不关心全国文联副主席和政协常委算什么级别,也不靠着这些头衔营生;他只关心他拍出的电影分量。一次,一位朋友问他是不是不喜欢炒作自己。他说他相信真正的艺术评价来自口碑。也就是口口相传。因为对于艺术,只有被感动并由衷的认可才会告知他人。

这样的艺术家,活得平和、单纯而实在。那些年,年年政协会议期间文艺界的好朋友们都要到韩美林家热热闹闹地聚会一次。吴雁泽唱歌,陈钢弹曲,白淑湘和冯英跳舞,张贤亮吹牛,姜昆不断地用"现挂"撩起笑声。唯有老谢很少言语,从头到尾手端着酒杯,

2002年与好友谢晋到蓟县山中看外景。此时谢晋已年届78岁。

宽厚地笑着,享受着朋友们的欢乐。这时,他会用他很厚很热的手抓着我的手使劲地攒一下,无声地表达一种情意。最多说上一句:"你这家伙不给我写剧本。"

他心里想的、嘴里说的还是电影!

我的确欠他一笔债。九十年代初他跑到天津要我为他写一部足球的电影。他说当年他拍了《女篮五号》之后,主管体育的贺龙元帅希望他再拍一部足球的影片。他说他欠贺老总一部片子。他这个情结很深。我笑着说,如果我写足球就从一个教练的上台写到他下台——足球怪圈的一个链环。他问我"戏"(影片)怎么开头。我说以一场大赛的惨败导致数万球迷闹事,火烧看台,迫使老教练下台和新教练上台——"好戏就开始了"。他听了眼睛冒光,直逼着我往下追问:"教练上台的第一个细节是什么?"我想一想说:"新教练走进办公室,一拉抽屉,里边一条上吊的绳子。这是球迷送给老教练的,现在老教练把这根上吊的绳子留给了他。"当时老谢使劲一拍我肩膀说,咱们合作了。但是在紧接着的亚运会期间,我和老谢一同坐在看台上看中国与泰国的足球赛,想找一点灵感。但那天中国队输了球,二比〇,很惨。赛后,我和老谢去找教练高丰文想问个究竟,请高丰文一定说实话,到底输在哪里。没料到高丰文说:"还得承认人有个能力的问题。"

这句话给我很大的刺激,使我一下子抓不到电影的魂儿了。此后尽管老谢一个劲儿地催我写,但他也抓不住这部电影的魂儿了。合作就这样搁置。之后几年里,老谢一直埋怨我不肯为他出力,直到他看中我的一部中篇小说《石头说话》才算有了"转机"。我对他说:"第一,我把这部小说送给你,不要原作版权;第二,我免费为你改写剧本。但欠你的那笔'足球债'得给我销账了。"我嘴上说是"还债",心里却是想支持他。因为此时的谢晋拍电影已经相当困难。

谢晋无疑是中国当代电影史一位卓越的创造者。二十世纪后半个世纪,电影在中国是最大众化的艺术。谢晋是这中间的一个奇迹。从《舞台姐妹》《女篮五号》到《天云山传奇》《牧马人》《芙蓉镇》《鸦片战争》,他每一部作品都给千家万户带来巨大的艺术震撼。可以说从他的电影创作中可以清晰地找到当代电影史的脉络。谢晋的电影美学是典型的现实主义。他注重时代的主题,长于正剧,致力以强烈的戏剧冲突有声有色地推动故事;他善于调动观众的情感参与,尽可能面对最广大的受众;个性而丰满的人物是他的至上追求。不管电影怎么发展,电影的观念和技术怎么更新,历史是已经被认定的现实。谢晋是那个时代耀眼的骄子。他是在当代电影史写过光辉一页的大师。

然而,从历史的站头下车的人是落寞又尴尬的。晚年的老谢,走出电影创作的中心,但他不改好强的本性,为了筹资和找选题四处奔波。他曾给我寄来《拉贝日记》,还想叫我去法国寻觅冼星海遗落在那里的一段美丽的爱情往事。这期间,我的那个一直未上马的《石头说话》,几次燃起希望随后又石沉大海。相信还有别人与老谢也有同样的交往。我不求那个电影拍成,只望他有事可做。一位友人对我说:"老谢简直是挣扎了。他应该学会放弃,因为他的时代已经过去了。电影已经从文学化走向视觉化。他那种故事没人看了。"

我说:"你不懂老谢。电影是他的生命,他活一天,就得活在电影中。他最佩服黑泽明,因为黑泽明是死在拍摄现场的。他说他也会这样。"

今天，老谢终于完成了他这个可怕又浪漫的理想。听说他正要去杭州为他的《大人家》去筹款呢。

一个把事业做到生命尽头的工作狂，一个用生命基奠艺术的艺术家。他用一生诠释了艺术家真正的定义。艺术家就是要把全部生命放在艺术里，而不是还留一些放在艺术外边。

原本开笔写此文之时，心中一片哀伤，隐隐发冷。然而，写到这里，已经浑身火辣辣地充满激情。这好，我愿用这样的文章结尾送一送老谢。

2008.10.18

茅盾老人

刚刚茅公亲属来告,久病的茅公于昨日凌晨遽然长逝。初闻时心中怦然一动,随之潸潸泪下而全不自知。哀痛未尽时,却不由得想起两件小事来。

第一件事是在一九七七年。我和李定兴同志所著的长篇小说《义和拳》由人民文学出版社定稿待发。茅公从他亲属那里得知这部《义和拳》是出自两个青年人之手的处女作,欣然给我们题了书名。初题时是用繁体字,而出版社规定要用简体。我觉得为了一个字("义"字)再去麻烦老人很不合适。经出版社研究,只好由总编辑韦君宜同志出面去请茅公改写。没过几天,负责封面的编辑来找我,给我一张纸,上面写了十多条"义和拳"三字,都用了简体,字迹清劲,俊逸洒脱,笔笔又着意而不苟,一望而知,这是茅公的手迹。这位编辑说:"茅盾同志说,多写了几条,叫你们看哪条好,用哪条,随你们挑。"我听罢深受感动……茅公于三十年代就在文坛享有盛名,我们此时还都是默默无闻的文学青年;据我知道茅公右眼患眼疾,写这样的桃核大小的字颇为吃力。他何以这样认真和尊重我们?我于此间感受到的,除去老前辈的爱护与鼓励之外,还有一种伟大的文学家都具有的平等待人的高尚品德,如同璀璨的光照透我的心灵。使我学到了对于一个人民的作家来说比知识更为重要的东西。由此,我便生出要拜识茅公一面的渴望。

第二件事是一九七九年。我见到了茅公。

那是在人民文学出版社举办的"全国部分中长篇作者座谈会"上,茅公来讲话。

当时,新旧观念激烈抗争,多年来"左"的思潮正在受到"拨乱反正"的时代新潮流的猛烈冲击。出版社收到了三部中篇小说。其中包括我的《铺花的歧路》。这三部以"十年动乱"为题材的小说,都涉及当时尚未明朗化的对"文化大革命"的评价问题,故此众说纷纭。出版社为了促进出版和创作两方面解放思想,事先把这三部中篇的梗概打印出来,请文艺界的领导同志发表意见。那天,在北京友谊宾馆大会议厅,茅公在讲话中再次热情和率直地肯定了这三部中篇的创作倾向和立意。由于我的中篇的结尾部分尚未定局,韦君宜同志叫我上台讲讲这部中篇,以求教于茅公。我到台上,严文井同志引我到茅公身前说:

"这就是您给题书名《义和拳》的作者冯骥才。"

我终于见到这位渴望已久的当代文学大师。在台上大灯的强光里,我看到了他苍老而慈祥的面容,连颗颗老年痣与一脸皱痕都看得清清楚楚。头顶上那历尽沧桑而稀疏的发丝银白闪亮。老人和我握手,让我坐在他身旁,却叫我面对大厅内在座的人们讲话。我一口气说了二十分钟。说话间,我时而扭头看看身旁的茅公,他却一直把目光凝聚在我脸上,仿佛把他衰老的并不旺盛的精力全部集中在我所讲的内容里。偶然间偏过耳朵,为了听清我的每一句话,待我讲过,他肯定了我的创作意图,并即刻给我小说的结尾一个在艺术上颇有见地的修改意见。就这样我改好了小说。小说出版后，在我收到许许多多读者来信时，就想起了茅公。在当时"左"的思潮仍在禁锢人们的大脑、束缚着人们的手脚时，这位风烛残年、体弱神衰的老人的思想锋芒仍然是犀利的；他像怀着一颗童心那样，直截了当、无所顾忌地打开自己的心扉。青年们勇敢的尝试多么希望老一辈这样鲜明有力的支持呀！

此后，我去过茅公家几次。他总是在待客。听说老人正在写回忆录，整理旧作和旧稿，每日来访者又是接踵不绝。为此，我一直未去打搅他，侵占老人宝贵而有限的时光。在我与他的亲属谈话时，隔窗见到老人踩着蹒跚的步子，穿过那花木繁茂的小院，忙忙碌碌地迎客送客。想到他的为人，看到他的为人，感受过他的为人，我那心中便盈满了对老人的敬重之情……

以他的成就，人们完全可以用"中国文坛的明星""当代文学巨人"去称呼他。而我此时感受到的，却又是一位宽厚可亲的长者，一个慈爱、平和、通达的老人离开了我们。他带去了多少宝贵的东西，他又留下了多少宝贵的东西，谁能计量？

在此悼念茅公之际，这两件小事重现眼前。重温往事，想到从此再不能见到老人，聆听教诲，痛彻万分。但转而又想，自己一个才刚开端写作不久的青年，有幸接触到与我年龄相隔半个世纪的文坛巨匠，受过他的关切，仅见一面，却留下了这两桩值得记下的事情，也算是一种慰安吧。

作此小文时，想到茅公，年高八旬之上，在经历了十年劫难过后，于辞世之前，已然眼见自己为之奋斗的文学事业正在复兴昌盛,也是他老人最后的福分了。写到这里,心中感慨万端,不由得住笔。默默祈望老人在九泉之下,宽心而含笑地长眠吧!

1981.3.28

巴金百岁

二〇〇三年十一月二十五日是中国文坛美丽的一天,老天爷顺从人愿,把人间一个顶级的寿桃赠送给了我们的巴金。

此刻,巴老在上海武康路的寓所一准溢满了鲜花的芬芳与色彩。华东医院那间静静的休养室想必被精心装点得生意盈盈吧。巴老脸上也一定会浮出笑意。这来自生命深处的笑意,陡然驱走了深藏在他满脸皱纹中岁月重重的阴影……想到这里,我一下子感受到一个世纪辽阔而多事的空间。一个人的生命竟有这样浩瀚的包容,而这个生命的本身又是这样的清晰、透彻而完美。

在历史的大地千千万万杂沓的足迹里,我们可以清清楚楚地辨认出他一个个精神的足印。他最初那些振聋发聩的反封建的文学;他后来向国人介绍西方文化经典所做的那么重要的翻译与出版工作;当然,他也有过彷徨与踌躇,但在《随想录》里全都自我校正了。这种个人的"忏悔"不是带来一个时代的心灵反省吗?跟着,他要用博物馆的方式终结"文革",就像把魔鬼装进瓶子,塞上塞子;把严冬关在昨日,锁紧了锁——这都是在呼唤春天和安宁永驻人间。

作家总是在全身心地着意于世界时,无意中创造了自己。于是,巴金给我们一个完整的人格和水晶般透明的心灵;他从不囿于一己的悲欢,而把大地的苦乐看得至高无上;他对善恶之间的界限毫不含糊,勇敢地面对生活,也勇敢地面对自己。他用了整整一个世纪,才完成了这样一个品格。这才是巴金真正的财富,也是文学的财富。他叫我们懂得真正的文学财富,不只是一两本好书,更不是几本畅销书,而是在波涛汹涌的文字中那个透彻的人格与心灵。正如他所说的一句再普通不过的话:"把心交给读者。"但我们谁能像他这样彻底的真实与高贵?

由于老寿星的健在,许多在别处已经成为历史的,在他这里依然是脉搏跳动着的生命的一部分。过往的风景没有褪色,往日的精神鲜活如初。精神是不会过时的,也是不灭的。而百岁的巴金把"五四"时代进步知识分子的精神传统与人格传统一直活生生地带到今天!

我们希望这个传统传衍不断。我们祝他长寿更长寿,一是为了他本人的幸福,一是因为他是这种传统与精神的象征。

2003.11.20

1982年春天茅盾故去。巴老去北京参加茅公的追悼会。我特意去京看望巴老。巴老住在国务院招待所。由右起：陈丹晨、李小林、巴金、谌容、吴泰昌、我。

怀念曹禺

死亡，对于逝者是一种无法述说的体验；对于世人却往往是一种深刻的暗示或启示。

我和谢晋、吴祖强、尹瘦石、夏菊花、才旦卓玛、董良辉站在曹禺灵前深深鞠躬，默然致哀。由于厅堂太小，只能两人一排，分作几批。距离"文代会"召开只差几步，他却一步踏入过往不复的时间里。如今他在何处，谁人能说？

想到昔日里每次与他见面，他那柔软却紧紧握着的手，那总带着一点冲动而亮闪闪的目光，还有那些由衷的话语，眼睛一热便湿了。

也许他去得太匆匆，曹家的灵堂显得仓促单薄。几只最先送到的鲜花花篮簇拥着一张小木桌，不过两碟水果，以及与逝者终日不离的两件遗物——磨旧了的眼镜和磨旧了的钢笔；还有赫然入目一大套《曹禺文集》，用红丝带系着，摆在中央。有了这些就有了一切；不必再看他这陈旧的四壁、廉价的小铁床、不成套而杂样的家具以及三间普通又狭小的居室……冰心、柯灵、吴冠中和远在兰州的段文杰家居都是三室的单元而已。然而，艺术家从来不用物质装点自己，而是用自己创造的精神财富去充实世界。小桌上那皇皇的文集却告诉我什么叫富有，什么叫贫困，什么叫死亡，什么叫永存和永生。艺术家的生命是用他作品的生命来计算的。他死去后,生命依然有声有色地留在作品里;不信就翻开这文集的每一页看看!

自己享受的只能是短暂此生,留给后人享受的才叫做永世不绝。

世上最难做的事,莫过于劝慰一位亡故者的亲人。我无法把悬挂在曹禺床头那幅书轴读下来,耳听着李玉茹大姐的哀诉——

她说,曹禺在去世前几个小时还看电视。夜里三时四十分左右,查房的护士发现他的呼吸不对头。唤来医生紧急抢救,却无力回天。十分钟过去,反映曹禺心率的监视器的屏幕已经成为一条直线。

直线象征着辽阔的平静。只有眺望大漠荒原尽头的地平线时,才能有如是的感受。

然而李玉茹大姐说,当她赶到曹禺的床榻前,大声呼叫时,那条直线居然又跳了两下。她还以为把曹公呼喊回来了呢。但最终还是归复于那永远而冷漠的直线。

我真有点惊异。我问吴祖强这直线怎么会"又跳了两下"呢?吴祖强的回答也是个问号。音乐家能够说清线谱上的一切奥秘,却无法解释这一神奇的生命现象。我也不想去请教任何生命科学的学者,宁愿把它视为一种心灵上的生死相关……

李玉茹大姐还说,她的遗愿是为曹禺留两间纪念堂,把他的遗物放进去。她提到曹禺出生在天津,创作高潮在四川,而生活最长的城市是北京。在这个城市里,处处有过他的足印与身影。现在,把曹禺的痕迹留下来便成了她终生的愿望了。也许人陡然地失去,太急,太快,太空,无所凭借和依傍,她感觉一切一切都不复存在。我便告诉她,曹公的痕迹早由他自己留下了。他不仅留在戏剧史上,还将是辞典中一个条目。在辞典上成为一个条目的人,世上无多。

我这话似乎有了效应。在失去曹公的空茫茫的时间里,大家都得到些许的安慰。过后思索自己这话,原是在向曹公致哀——特别是面对着《曹禺文集》时所感受到的。那便是——

作家全部的分量都在自己的作品里,没有一点分量在作品之外。

1996.12.20 北京

双倍的悼念

没想到我竟用一篇文章,同时悼念两位心中敬爱的长者——王昆和周巍峙。这样薄薄一纸,何以能承住我此刻沉重的心!

两个月前,在圣彼得堡接到周巍峙去世的噩耗,拜托民协的同事罗杨送上花圈,并给王昆捎去切切的劝慰。因为我知道周巍峙与王昆一生的相依、相扶和相惜;更知道年近九十的王昆失去周老意味着什么。回国后,正想着赴京之时去看看王昆,谁知随即王昆也走了。

在年龄上,我和二位长者相差二十岁甚至还多,然而他们既无长辈的居高临下,更没有因担任过很高职务而与你不舒服地拉开距离;平易、祥和、真心,还有那种温馨感,一如他俩和你相握时柔和的手。可是,再也找不到那种握手的感觉了。

经典的歌曲最容易把人带回过往的岁月,使我们被往事感动,因而我们对这样的歌唱家与音乐家总是心怀敬意和神往。一唱周老的《中国人民志愿军战歌》,就立即被唤起心中五十年代明快和铿锵的节奏;王昆唱响《南泥湾》时,与我不是在同一个生活的时空里,然而她那些唱得又美好又纯粹的歌,却叫我们感受到那个时代理想主义的虔诚与纯真。他们带着这些歌走了吗,还是永远留给了我们?

当然永远地留下了。任何历史都不会空白的,一定会留下一些文化经典见证自己和表达自己。比如《白毛女》《中国人民志愿军战歌》《兄妹开荒》《上起刺刀来》《南泥湾》等。

早在上世纪八十年代中期,我们就曾投身周老主持的"中国民间文艺十大集成"中民间文学的收集和整理;老实说,当时虽然在做这件事,却没有完全认识到这项文化工程包含的历史眼光与深远意义。直到世纪初我们举行全国民间文化遗产抢救时,回过头看,才领略到周老当年所做的"十套集成"贡献之大。倘若当年没有存录下来那些海量的民间文化宝藏,今天再去找,早已荡然无存。

为此,周老曾经一个一个省去跑,磨破嘴皮子为经费化缘。这和我们后来做的事非常相像。我曾对一位领导说:支持一下周老吧,他都八十多岁了,还要跑到各个省,去请当地政府赞助。

我对周老更深的敬意源于对他的理解。

也许为此,他也理解我们,因而常常出席我们的会议和活动,发表演说,支持我们;甚至不顾高龄,参加我们的田野考察。他八十九岁生日那天,正赶在我们一起从南昌驱车去往赣中考察古村落的路上,还是我们给他买花度过的呢。

两位老人从来都是话不多,表情含蓄,但他们的感情却让我深切地感到。朋友们——白淑湘、韩美林、陈晓光、王铁成、姜昆、资华筠、魏明伦等都说他俩待人真诚,真好。我曾想,他俩是用什么方式把感情传递给我们的?

前年,我在北京画院举办名为"四驾马车"(文学、绘画、文化遗产保护和教育)的展览。开幕那天,很多朋友来祝贺,我忽然发现周巍峙和王昆竟坐在台下,我很慌张,怎么能叫二位老人坐在台下。据说周老是从医院来的,还坐在轮椅上呢。但是,谁也没办法把他俩请到台上去,只听周老说了一句:"我高兴和大家坐在一起。"再一看,周围全是作家艺术家。李光羲、胡松华、张抗抗、濮存昕、刘兰芳、冯英、谭利华、郁钧剑等。

为此,轮到我上台致辞答谢时,我拉着话筒站到台的一端,侧对着台上和台下说:"我之所以站在这里讲话,是因为今天没有台上和台下。今天来出席我这个展览的,都是我的好友,我敬重的人。我表示心中的谢意!"跟着,把手伸向二老那边,示意。

二老看到了,笑了,还是那样的温和与温馨。

那一刻,我明白了,虽然他俩都做过文化领导,但出身于艺术家;更重要的是在他们心里艺术比职务重要。所以他们——他们的责任与感情——始终在艺术也在艺术家中间,在生活也在人民中间;在文艺家之间,所看重的不是你的地位,而是你的作品和你是不是真正热爱艺术,所以在文艺界中他们是深受爱戴的长者和朋友。

当二位长者几乎同时离我们而去,心中的哀痛自然是双倍的,悼念之情也是双倍的、加倍的。然而,我忽发奇想,想到他俩怎么会一前一后,如此接近,几乎是一起走的?这是生前一个太浪漫的约定,还是一种美好到极致的生命的偶然或必然?

在人间结伴一生,然后携手去天堂。还有比这更好的生死同盟吗?

若是如此,天慰我也。

2014.11.22

记韦君宜

我不知道为什么,对一个人深入的回忆,非要到他逝去之后。难道回忆是被痛苦带来的吗?

一九七七年春天我认识了韦君宜。我真幸运,那时我刚刚把一只脚怯生生踏在文学之路上。我对自己毫无把握。我想,如果我没有遇到韦君宜,我以后的文学可能完全是另一个样子。我认识她几乎是一种命运。

但是这之前的十年"文革"把我和她的历史全然隔开。我第一次见到她时,并不清楚她是谁,这便使我相当尴尬。

当时,李定兴和我把我们的长篇处女作《义和拳》的书稿寄到人民文学出版社。尽管我脑袋里有许多天真的幻想,但书稿一寄走便觉得希望落空。这因为人民文学出版社是公认的国家文学出版社。面对这块牌子谁会有太多的奢望?可是没过多久,小说北组(当时出版社负责长江以北的作者书稿的编辑室)的组长李景峰便表示对这部书稿的热情与主动,这一下使我和定兴差点成了一对"范进"。跟着出版社就把书稿打印成厚厚的上下两册征求意见本,分别在京津两地召开征求意见的座谈会。那时的座谈常常是在作品出版之前,决不是当下流行的一种炒作或造声势,而是为了尽量提高作品的出版质量。于是，李景峰来到天津，还带来一个身材很矮的女同志，他说她是"社领导"。当李景峰对我说出她的姓名时，那神气似乎等待我的一番惊喜，但我却只是陌生又迟疑地朝她点头。我当时脸上的笑容肯定也很窘。后来我才知道她在文坛上的名气，并恨自己的无知。

座谈会上我有些紧张，倒不是因为她是"社领导"，而是她几乎一言不发。我不知该怎么跟她说话。会后，我请他们去吃饭——这顿饭的"规格"在今天看来简直难以想象！一九七六年的大地震毁掉我的家，我全家躲到朋友家的一间小屋里避难。在我的眼里，劝业场后门那家卖锅巴菜的街头小铺就是名店了。这家店一向屋小人多，很难争到一个凳子。我请韦君宜和李景峰占一个稍松快的角落，守住小半张空桌子，然后去买牌，排队，自取饭食。这饭食无非是带汤的锅巴、热烧饼和酱牛肉。待我把这些东西端回来时，却见一位中年妇女正朝着韦君宜大喊大叫。原来韦君宜没留意坐在她占有的一张凳子上。这中年妇女很凶，叫喊时龇着长牙，青筋在太阳穴上直跳，韦君宜躲在一边不言不语，可她还是盛怒不息。韦君宜也不解释，睁着圆圆一双小眼睛瞧着她，样子有点窝囊。有个汉子朝这不依不饶的女人说："你的凳子干吗不拿着，放在那里谁不坐？"这店的规矩是只要把凳子弄到手，排队取饭时便用手提着凳子或顶在脑袋上。多亏这汉子的几句话，一碗水似的把这女人的火气压住。我赶紧张罗着换个地方，依然没有凳子坐，站着把东西吃完，他们就要回北京了。这时韦君宜对我说了一句话："还叫你花了钱。"这话虽短，甚至有点吞吞吐吐，却含着一种很恳切的谢意。她分明是那种羞于表达、不善言谈的人吧！这就使我更加尴尬和不安。多少天里一直埋怨自己，为什么把他们领到这种拥挤的小店铺吃东西。使我最不忍的是她远远跑来，站着吃一顿饭，无端端受了那女人的训斥和恶气，还反过来对我诚恳地道谢。

不久我被人民文学出版社借去修改这部书稿。住在北京朝内大街一百六十六号那幢灰色而陈旧的办公大楼的顶层。凶厉的"文革"刚刚撤离，文化单位依存着肃寂的气息，揭批查的大字报挂满走廊。人一走过，大字报哗哗作响。那时伤痕文学尚未出现，作家们仍未解放，只是那些拿着这枷锁钥匙的家伙们不知跑到哪里去了。出版社从全国各地借调来改稿的业余作者，每四个人挤在一间小屋，各自拥抱着一张办公桌，抽烟、喝水、写作；并把自己独有的烟味和身体气息浓浓地混在这小小空间里，有时从外边走进来，气味真有点噎人。我每改过一个章节便交到李景峰那里，他处理过再交到韦君宜处。韦君宜是我的终审，我却很少见到她，大都是经由李景峰间接听到韦君宜的意见。李景峰是个高个子、朴实的东北人，编辑功力很深，不善于开会发言，但爱聊天，话说到高兴时喜欢把裤腿往上一捋，手拍着白白的腿，笑嘻嘻地对我说："老太太（人们对韦君宜背后的称呼）又夸你了，说你有灵气，贼聪明。"李景峰总是死死守护在他的作者一边，同忧同喜，这样的编辑已经不多见了。我完全感觉得到，只要他在韦君宜那里听到什么好话，便恨不得马上跑来告诉我。他每次说完准又要加上一句："别翘尾巴呀，你这家伙！"我呢，就这样地接受和感受着这位责编美好又执著的情感。然而，我每逢见到韦君宜，她却最多朝我点点头，与我擦肩而过，好像她并没有看过我的书稿。她走路时总是很快，嘴巴总是自言自语那样嗫嚅着，即使迎面是熟人也很少打招呼。可是一次,她忽然把我叫去。她坐在那堆满书籍和稿件的书桌前——她天天肯定是从这些书稿中"挖"出一块桌面来工作的。这次她一反常态,滔滔不绝;她与我谈起对聂士成和马玉昆的看法,再谈我们这部小说人物的结局,人物的相互关系,史料的应用与虚构,还有我的一些语病。她令我惊讶不已,原来她对我们这部五十五万字的书稿每个细节都看得入木三分。然后,她从满桌书稿中间的盆地似的空间里仰起脸来对我说:"除去那些语病必改,其余凡是你认为对的,都可以不改。"这时我第一次看见了她的笑容,一种温和的、满意的、欣赏的笑容。

这是我永远不会忘记的一个笑容。随后,她把书桌上一个白瓷笔筒底儿朝天地翻过来,笔筒里的东西"哗"的全翻在桌上。有铅笔头、圆珠笔心、图钉、曲别针、牙签、发卡、眼药水等,她从这乱七八糟的东西间找到一个铁夹子——她大概从来都是这样找东西。她把几页附加的纸夹在书稿上,叫我把书稿抱回去看。我回到五楼一看便惊呆了。这书稿上密密麻麻竟然写满她修改的字迹,有的地方用蓝色圆珠笔改过,再用红色圆珠笔改,然后用黑圆珠笔又改一遍。想想,谁能为你的稿子付出这样的心血?

我那时工资很低。还要分出一部分钱放在家里。每天抽一包劣质而辣嘴的"战斗牌"烟卷,近两角钱,剩下的钱只能在出版社食堂里买那种五分钱一碗的炒菠菜。往往这种日子的一些细节刀刻一般记在心里。比如那位已故的、曾与我同住一起的新疆作家沈凯,一天晚上他举着一个剥好的煮鸡蛋给我送来,上边还撒了一点盐,为了使我有劲熬夜。再比如朱春雨一次去"赴宴",没忘了给我带回一块猪排骨,他用稿纸画了一个方碟子,下面写上"冯骥才的晚餐",把猪排骨放在上边。至今我仍然保存这张纸,上面还留着那块猪排骨的油渍。有一天,李景峰跑来对我说:"从今天起出版社给你一个月十五块钱的饭费补助。"每天五角钱!怎么会有这样天大的好事?李景峰笑道:"这是老太太特批的,怕饿垮了你这大个子!"当时说的一句笑话,今天想起来,我却认真地认为,我那时没被那几十万字累垮,肯定就有韦君宜的帮助与爱护了。

我不止一次听到出版社的编辑们说,韦君宜在全社大会上说我是个"人才",要"重视和支持"。然而,我遇到她,她却依然若无其事,对我点点头,嘴里自言自语似的嗫嚅着,匆匆擦肩而过。可是我似乎已经习惯了这种没有交流的接触方式。她不和我说话,但我知道我在她心里的位置;她是不是也知道,我虽然没有任何表示,她在我心里却有个很神圣的位置?

在我的第二部长篇小说《神灯前传》出版时,我去找她,请她为我写一篇序。我做好被回绝的准备。谁知她一听,眼睛明显地一亮,她点头应了,嘴巴又嚅动几下,不知说些什么。我请她写序完全是为了一种纪念,纪念她在我文字中所付出的母亲般的心血,还有那极其特别的从不交流却实实在在的情感。我想,我的书打开时,首先应该是她的名字。于是《神灯前传》这本书出版后,第一页便是韦君宜写的序言《祝红灯》。在这篇序中依然是她惯常的对我的方式,朴素得近于平淡,没有着意的褒奖与过分的赞誉,更没有现在流行的广告式的语言,最多只是"可见用功很勤","表现作者运用史料的能力和历史的观点都前进了",还有文尾处那句"我祝愿他多方面的才能都能得到发挥"。可是语言有时却奇特无比,别看这几句寻常话语,现在只要再读,必定叫我一下子找回昨日那种默默又深深的感动……

韦君宜并不仅仅是伸手把我拉上文学之路。此后伤痕文学崛起时,我那部中篇小说《铺花的歧路》的书稿在人民文学出版社内部引起争议。当时"文革"尚未在政治上全面否定,我这部彻底揭示"文革"的书稿便很难通过。七八年冬天在和平宾馆召开的"中篇小说座谈会"上,韦君宜有意安排我在茅盾先生在场时讲述这部小说,赢得了茅公的支持。于是,阻碍被扫除,我便被推入了"伤痕文学"激荡的洪流中……

此后许多年里,我与她很少见面。以前没有私人交往,后来也没有。但每当想起那段写作生涯,那种美好的感觉依然如初。我与她的联系方式却只是新年时寄一张贺卡,每有新书便寄一册,看上去更像学生对老师的一种含着谢意的汇报。她也不回信,我只是能够一本本收到她所有的新作。然而我非但不会觉得这种交流过于疏淡,反而很喜欢这种绵长与含蓄的方式——一切尽在不言之中。人间的情感无须营造,存在的方式各不相同。灼热的激发未必能够持久,疏淡的方式往往使醇厚的内涵更加意味无穷。

大前年秋天,王蒙打来电话说,京都文坛的一些朋友想聚会一下为老太太祝寿。但韦君宜本人因病住院,不能来了。王蒙说他知道韦君宜曾经厚待于我,便通知我。王蒙也是个怀旧的人。我好像受到某种触动,忽然激动起来,在电话里大声说,是呀、是呀,一口气说出许多往事。王蒙则用他惯常的玩笑话认真地说:"你是不是写几句话传过来,表个态,我替你宣读。"我便立即写了一些话用传真传给王蒙。于是我第一次直露地把我对她的感情写出来,我满以为老太太总该明白我这份情意了。但事后我知道老太太由于几次脑血管病发作,头脑已经不十分清楚了。瞧瞧,等到我想对她直接表达的时候,事情又起了变化,依然是无法沟通!但转念又想,人生的事,说明白也好,不说明白也好,只要真真切切地在心里就好。

尽管老太太走了。这些情景却仍然——并永远地真真切切保存在我心里。人的一生中,能如此珍藏在心里的故人故事能有多少?于是我忽然发现,回忆不是痛苦的,而是寂寥人间一种暖意的安慰。

1998.4.7

进天堂的吴冠中

吴冠中先生去了,我猜他去得一定心事苍茫。我这么说,来自我对他的感受。

自上世纪八十年代我就深爱吴冠中先生的画,那时他画风正健,致力于将一股全新的艺术精神同时推入油画和水墨画两个领域。他属于那种在封闭的房间忽然打开一扇窗子的艺术家。然而,我已经弃画从文,从文坛侧目画坛,先生一直是我的关注点。

初识先生是在一年一度的政协会上。政协各小组的成员每届都有调换。九十年代初我被调整到书画家较多的一组。那组有黄胄、朱乃正、董寿平、吴祖光、丁聪等。吴冠中先生是我很想接触的一位。然而头一眼看到的先生却是"一脑门官司"。那时他正陷入喧闹一时的"《炮打司令部》假画案"中。造假者为牟取暴利,顶着他的名义,硬把他编造成这幅历史谬误之作的作者。一时惹得众说纷纭。这桩荒唐又丑陋的事对他伤害很重。既亵渎了他心中的艺术,又伤及了他的人品。他显得焦灼、彷徨、愤懑和痛苦,表情紧张,花白的头发缭乱地竖着,逢人便解释个中的黑白。一个爱惜艺术和自己品格的人应当受人尊重。我便出面邀请一些画家与媒体记者,在政协会议休息的时候,开个小会,大家发言,为他分辩曲直,抱打不平。先生在这场官司中被折磨了长长的两年时间。在官司获胜而了结时候,他写了那篇著名的文章《黄金万两付官司》感动了我。他所说的黄金不是金钱,而是一个艺术家最宝贵的时间。他为什么执意与这强势的商业骗局抗争?我写了一文《为艺术的圣洁而战》,呼应了他。我说:"这官司原是一场为艺术的圣洁与崇高的圣战。他打官司和毁画——他常常把自己不满意的作品毁掉,都为一个目的,即艺术的圣洁。这之中,容不得一点低劣,更容不得半点虚假。真善美,就是艺术家调色板上精神的三元素。艺术就靠着它绚丽迷人。"我在文章末尾还说,"谁也别再打扰这样一位艺术家了!"

吴冠中先生给我的印象是善良、单纯、自我、孤独。他处世低调,不善交际,生活上喜欢享"下等福",推头习惯去找道边的理发摊。一眼看上去,就像房前屋后的老街坊。一次在北京的书市上为读者签名,他提着一个小塑料兜,里边放一瓶矿泉水,那天奇热,他便自带着饮水。他很少在热闹场合露面,所以没人认识他。待他挤进人群,在自己的座位中坐下来,人们一看桌签才知道这貌不惊人的小老头就是当代的绘画大师吴冠中。

他很少出头露面,偶尔出现在会场上,却很少发言讲话;他不善言谈,对绘画之外的任何话题兴趣都不大,谈起画却总是兴致勃勃。他曾对我讲述他一次油画写生归来,挤在长途公共车上,由于怕人挤蹭他的画,便把拎着画的胳膊伸出车窗,几小时过后,到了家,那条胳膊似乎不存在了,画却完好无损。

这段事他对我说过两次,可见画是他的生命。他家中那个画室,是我见过的最小的一间画室,只有六七平米。他个子小,铺着毛毡的画案只有两尺高,更像一张单人床铺。桌上墙上沾满色点与墨渍。他那些惊世之作就是从这张再普通不过的画案上画出来

与吴冠中先生闲话

的吗？就像最美的花最甜的果都是从泥土里长出来的。他告我别硬叫孩子学艺术，因为艺术是没有遗传的。我笑道："艺术家是天上掉下的林妹妹。"吴冠中就是从天上掉下来的。他脑袋里整天想的全是画，还有不停地冒出来的种种视觉的灵感——这话不是他说的，是他的画告诉我的。

他说我看过你的画册，你画画是不是不重复？我说从来不重复，并说我的不重复多半来自文学，因为文学就是不重复的，也不能重复。作家怎么可能把写过的文章再写一遍，那不成抄稿子了吗？先生说，画重复的画我没有感觉，也没激情。这一点上，我受西方绘画的影响，西方绘画是不重复的，这可能与西方的文化"求异"有关。他这话给了我解读他的一把钥匙。

吴冠中一生的绘画都在不停顿地求异。老实说，我更喜欢他上世纪八九十年代的作品。在那一代学贯中西的艺术家中，中西融合是一个自动承担的艺术使命与文化使命，故而他提出"油画中国化"和"国画现代化"，并在这两个领域中建功立业。他在油画中注入了中国文人空灵的诗境，他的色彩也极具中国文人的气质，这一点很难；在水墨画中，他将复杂的物象解构，经过符号性的提炼，再艺术地重构起来——这就使传统水墨进入从来没有的境界。

吴冠中完全可以在这样的艺术成就中享受终生。他却偏偏还要改变自己。但要变就有风险，可能不被人接受。记得一次去方庄看望先生。他兴致勃勃地叫我看他的两幅新作——就是那种用油画形式来画的古画经典。一幅是韩滉《五牛图》，一幅是顾闳中《韩熙载夜宴图》。他说他要画许多这样的作品，并一口气说出一长串古典名画的画名。他要开创自己一个怎样的新时代？他问我对他这种画怎么看,我说我喜欢您挂在厅里的那幅彩墨。我回避回答,是因为我不喜欢他这种尝试。

还有一次——这大概是我最后见到他的一次,他叫我去沙滩中国美术馆外的一家画店看他的"书法",我去看了。显然这并非真正的书法,而是被他作为一种新的另类的"试验绘画",我却毫无感觉。我想晚年的吴冠中是不是感到自己的时间不多了,却更加渴望从已有的形态中蜕变出来,他显得很急切。他这种急切表现在缭乱无序的线条,波洛克式的铺天盖地的色点,东一榔头西一斧子互不关联的艺术思考;他过多地着力于表面视像的变异与张扬,而非缘自心灵与深思。可是愈表象愈难走得太远。

然而,吴冠中毕竟才华与禀赋都非同凡人。在那些不成熟甚至不成功的试验性的作品中,依然不断涌现出一件件惊世骇俗的精品,显示他过人的创造力。更令人称奇的是,吴冠中这样全然自我的画作,在绘画市场上却始终被充分地认可。他的画价可谓"天价"。但他从不担心由于自己过分大胆地去试验,而失去原有的面貌与风格,并祸及"天价",因为他眼中只有艺术,没有比艺术更高的东西。他不顺从市场,可媚俗的市场却偏偏顺从了他。这样的例子在当世不多。照理说,在市场经济社会中,作品的价格与其艺术价值往往是不同步的。但有几个人敢面对心灵而背对市场?

自从认识先生,正赶上那桩假画案,却因之得见艺术在他心中的位置。艺术在艺术家心中若不神圣,艺术家便很难走进艺术的天堂。先生为此一生,并建立了自己惟其独有、境界至高的艺术天地和审美世界,应说他已站在艺术的天堂里了。

吴冠中走了。我相信他是带着许多未完的艺术理想和遗憾走的,带着许多愤世嫉俗的心绪走的。晚年他对艺术环境以及相关的机制说过一些直了了批评的话,不管这些尖锐的话在当时怎样说是道非,现在都静静地留给我们了,等待我们来思考,看我们有没有勇气回答。以我对他的感受,他上路之时,一定对自己对社会心怀重重缺憾。任何真正的有良心的艺术家不会是带着一堆亮晃晃的奖杯走的,总是把苍茫心事,一半带走,一半留在世上。

至于他的作品是否还是"天价",我想,这与他生前无关,与他身后更无关。留下来的是他孜孜探求了一生的艺术。画价是写不进艺术史的,也放不进艺术天堂。放在那里的,还是深刻地记忆在人们心中的作品;以及他那小小又柔和的眼窝里执著、探索、倾注全心的目光。

2010.6.28

在雅典的戴先生

——纪念戴爱莲

这两天太忙,各种没头绪的事扰在一起。可即便忙得不可开交时,也会觉得一个不舒服的东西堵在心头;稍有空闲便明白:是戴先生永别我们而去了。于是种种片段的往事就纷纷跑到眼前。

戴先生是大家对戴爱莲的尊称。戴先生对中国当代舞蹈的贡献世人皆知,因此二十年前初识她时,深深折下腰来,向她恭敬地鞠一个躬。戴先生的个子不高,见我这六尺大汉行此大礼,不禁哈哈大笑。其实个子再高的人,心中对她也一定是"仰视"的。

平日很少能见到戴先生,偶尔在会议上才能碰到她,谁料一次竟有十天的时间与她独处。那是1996年。我赴希腊参加IOV(国际民间艺术组织)举办的"民间文化展望国际研讨会"。与会者来自世界各地,我被裹在许多金发碧眼和卷发黑肤中间,正巴望着出现一位同胞,有人竟在背后用中文叫我:"冯骥才,是你吗?"我扭身一看,一位略矮而轻盈的老太太,通身黑衣,满头银发,肩上很随意地披一条暗红的披肩,高雅又自然。我马上认出是戴先生。让我认出她来的,不只是她清新的容貌和总那样弯弯的笑眼,更是一种独特的艺术家的气质。我不禁说:"戴先生,您真的很美。"

她显得很高兴。她说她是IOV的执委,从伦敦过来参加会议。她也希望碰到一个中国人,没想到这个人会是我。

我与她之间一直有一种亲切感。这可能由于她与我母亲同岁。再一个原因很特别,便是她的汉语远不如英语来得容易。她的发音像一个学汉语的老外,而且汉语的词汇量非常有限。然而,语言能力愈有限,表达起来就愈直率。我喜欢和她这样用不多的语汇,像两个小孩子那样说话,真率又开心。是不是因此使我感觉与她在一起很亲切?

她喜欢抽烟,顺手让给我一支。我已经戒烟很久,为了让她高兴,接过来便抽。我曾经是抽烟的老手,姿势老到,使她完全看不出我戒烟的历史。烟可以助兴,笑声便在烟里跳动。在雅典那个漫长的会议中,她时不时从座位上站起来,在离开会场时朝我歪一下头,我神会其意,起身出来,与她坐在走廊的沙发上一人一支烟,胜似活神仙。

此后在戴先生从艺八十周年纪念会上,我致辞时提起这事,并对她开玩笑说:"戴先生差点把我的烟瘾重新勾起来。"

戴先生听了竟然张大眼,吃惊地说:"我犯罪了,真的犯罪了。"她说得愈认真,我们笑得愈厉害。

在雅典,我可真正领略到这位大师的舞蹈天才。那天,主人邀请我们去市郊一家歌舞厅玩。雅典这种歌舞厅没有灯红酒绿的商业色彩,全然是本地一种地道的传统生活。大厅中央用粗木头搭造一个巨型高台,粗犷又原始。上边有乐器,歌手,中间是舞池。下边摆满桌椅,坐满了人,多半是本地人,也有一些来感受雅典风情的游客。一些穿着土布坎肩的漂亮的服务员手托食品,不断地送上此地偏爱的烤肉、甜果、啤酒。这里吸烟自由,所以戴先生和我一直口吐云烟。在我们刚坐下时候,台上只唱歌,歌手们唱得都很动情。这些通俗歌曲,混合了希腊人的民歌,听起来味道很独特很新鲜。

此时,我发现戴先生已经陷入在歌曲的感受里,她显得很痴迷。渐渐歌儿唱得愈来愈起劲,所选择的曲目也愈来愈热烈。台下的人受到感染,一男一女手拉手带头跑上舞池,在音乐的节奏里跳起希腊人的民间舞。这时的戴先生轻轻地晃肩摆腰,有一点手舞足蹈了。随后,一对对年轻人登上舞池,而且愈来愈多,很快就排成队,形成人圈,绕着舞池跳起来。他们的舞步很特别,尤其是行进中有节奏地停顿一下,奇妙、轻快又优美。戴先生对我说:"这是四步半。"大厅里人声鼎沸,她的声音像喊。然后她问我:"我们上去跳吗?"她的眼睛烁烁闪光,很兴奋。我是舞盲,如果我当众跳舞干脆就是献丑。我对她摇着头笑道:"我怕踩着您的脚。"

戴先生也笑了,但她的艺术激情已经不能克制,居然自己走上去。她一进入那支"队伍",立即踏上那种节拍,好像这美妙的节拍早就在她的双腿上。待到舞入高潮,她的腿抬得很高,情绪随之飞扬。别忘了,她那年八十岁!大概她的舞感动了台下一位希腊的男青年,这小伙子跳上去给戴先生伴舞。很多人为戴先生鼓掌,掌声随同舞曲的节拍,为这位心儿年轻的东方的艺术家鼓劲。与我们同来的IOV的秘书长法格尔手指戴先生对我说:

"她是最棒的。"

她那次也把一个笑话留给了我。

一天,戴先生要我陪她去挑选一件纪念品。在一家纪念品商店里,戴先生手指着一套小小的陶瓷盘问我:"好看吗?"

我看了一怔。浓黑的底釉,赤红色古老的图案,画面是古希腊传说中的英雄们,然而全是一丝不挂的男性裸体。她不在乎这些裸体吗?是不是她在西方久了,观念上深受西方影响,对裸体毫不介意?但我还是反问她一句:

"您喜欢吗?"

她高兴地说:"我喜欢。"

我说:"好,那就买吧。"

她掏钱买下了。

谁想回国后的一天,她忽来电话问我:"我买的是什么糟糕的东西!我眼睛不好,没戴眼镜,所以请你做军师,你怎么叫我买这样的东西,太难看了,我要把这些糟糕东西都给你。"

我笑道:"难道我失职了吗?记得我问您是不是喜欢,您可是说喜欢的。如果您不想要就送给我吧。"

她叫起来:"快别说我喜欢,这么糟糕的东西我怎么能说喜欢,羞死我了,真的羞死我了。"

她天真得像一个女孩子那样。八十岁的老人也能有这样的童心?

不久,我收到这套瓷盘,还有一个信封,里边装着她半个世纪前在西南地区收集到的六首少数民族的舞曲。她说这些舞曲已经失传,交给我保存。她还说,她赞成我所做的抢救民间文化的事情。我明白,这位从中华大地上整理出《狮子舞》《红绸舞》《西藏舞》和《剑舞》的舞蹈大师,必定深知真正的舞蹈艺术的生命基因是在广大的田野里。

她是我的知己。她以此表示对我的支持。

由此忽然明白,她与我之间的一种忘年的情谊,原是来自对艺术和文化纯粹的挚爱。我便怀着这种感受,打算在什么时候与戴先生再碰上,好好聊一聊。但人生给人的机缘常常吝啬得只有一次。也许惟有一次才珍贵,也许这一次已经把什么都告诉你了,就像在雅典碰上可敬又可爱的戴先生。

2006.2.16

丁聪写意

一

偶然见到丁聪一张三十年代的旧照,吃了一惊。他怎地这般清灵秀俊?我的"丁聪概念"是:生来一个矮胖健壮的快乐汉,无小无老,来而不去,表情中没有阴影,爱嚼肉的牙齿永不脱落,鸦羽般的黑发永不变色;无论是算命先生还是CT都无法说出他的年龄。这个整天笑呵呵的乐天派,才是"笑一笑,少一少"那个生活真理的铁证;或者说达观、开通、厚道、不较真儿、有爱无恨,才是这个年已八十的老人自我"年轻化"的真正秘诀?

可是,翻看他半个多世纪以来的漫画,特别是时事讽刺漫画之后,印象却全然不像他本人那样了。

看他的画吧!他对社会无所不在的敏感,对小百姓生存状态的关切,对假恶丑的疾恶如仇和不共戴天,无不强烈和鲜明。他多么像一个愤世嫉俗的斗士!这时,他就如同一只小牛虻那样,飞过去,狠狠叮在庞大社会躯体的那些病灶上。他的勇敢和正直令人钦佩。半个世纪以来,他从未放弃过充满艺术良知的批判立场。仅仅给人快乐的漫画家,决不会赢得丁聪这种分量。由此,我认识到,真正了解一位艺术家只有去看他的作品。

他的快乐与厚道是流露出来的天性,他的尖锐与辛辣是着意表现出来的思想。他天真,才对社会的丑恶忍无可忍;他快乐,才恨不得挥笔一下子扫去世上的阴霾。这印象,肯定是熟悉丁聪的人都会认同的。他是一个从任何角度去看都不会"走样"的人。

二

他的漫画风格似乎从四十年代就确立了。半个世纪以来,从选材、人物造型到画法,都没有进行过"自我革命"式的巨变。固然,风格的不断嬗变可以把观者带进焕然一新的感受境界,比如毕加索的几个时期和齐白石的衰年变法;但是,风格的始终如一,则可以与观者保持一种牢固的、独有的审美关系。变化很难,不变更难;不变则需要风格本身具有长久的魅力。

丁聪的魅力在哪里?

他的漫画不是随心所欲地超逸于生活,也不是理性地凌驾生活之上,而是……干脆就是生活本身吧。他不过把万花筒般的社会生活画面一个个抽出来。这些画面常常像一个个活脱脱的生活景象,然而它们都是人们最关切的社会焦点。关切社会的艺术必然被社会所关切——这本来不是秘密。可是这关切中需要一种责任,一种正义感,一种美好的社会理想,也需要一种发现力。这样,写实就成了他的创作原则与艺术风格。为此他的漫画人物从不变形过分,而是生动辄止。线条简洁而自信,流畅而凝重;如善于用涂墨、加线和白描三种方式,构成黑白灰三种色调,使画面丰富又鲜明。典型的丁聪式的漫画人物是:正面人物的神情多为木讷、困惑、惊愕和无奈，反面人物却个个神采飞扬，这无疑是想激发和强化人们的爱憎。丁聪艺术的感染力也就在此中了。

三

丁聪是个家喻户晓的人物。

这不仅由于他那些风格异样的漫画形象经常现于报刊；他还时时入侵各种文化艺术形式。如文学插图、书籍装帧、演出广告、电影海报、诗配画，乃至风俗小品、人物肖像，等等。他从来不安分于在一种形式里转来转去，而喜爱到别的艺术空间里串门做客。广泛的涉猎、广泛的情趣、广泛的素养、广泛的领域，也就造就了人们印象中一个广泛的丁聪。任何对艺术的热爱，说到底还是热爱生活。于是我便明白，他的漫画半个世纪来为什么一直走红。

这也是八十岁的丁聪，依然像十八岁小丁的缘故。时而理想化的天真，时而切中时弊的锋利；至于快乐，除去天性，是不是还有一种难得糊涂的超然？

他自称小丁。朋友们都欣然接受了这个称呼，无论老少，见面便亲昵地呼之曰小丁。此为何故，有诗答曰：

小丁不小，丁老不老；
君画君笑，皆美皆妙！

1996.9 天津

秋日里对春风的怀念

——代序兼记李文珍先生

我已经第二次接到旅美画家王公懿越洋的电话了。她用恳切而感人的口气"逼"我为一本书写序。其实,不用她"逼"我,我已经心甘情愿要为这本关于她的老师李文珍先生的书写序。

今世之人,尤其年轻人,肯定不知道李文珍先生是谁?然而曾经受过他绘画教育者,却刻骨铭心地记得他。究竟承受怎样的大恩大德,才能够这样记住一个人?

大约四十年前,我经常和画友岳钦忠去李文珍先生家串门。他住在窄窄的宜昌道上一幢临街的小楼里。在我眼里他家那间四四方方十多平米的客厅是一个小小的"美术沙龙"——当然不是真的沙龙。"文革"那时谁敢私设沙龙呀。不过是些常来的访者聊一聊艺术而已。他总坐在那张带扶手的椅子上抽着烟斗。无论谁进来或走掉,也很少起身。可能因为来到这小小"沙龙"的大多是他的学生们。他在耀华中学任教美术,我不是耀华的学生,但我崇拜他。他那种带着浓重的后期印象主义影响的油画,在"文革"那个文化贫瘠而苍白的年代,叫我们这些求知甚切的年轻人,如沐清风,耳目大开。

那时代的画儿全是好似吃了兴奋剂一样怒目挥拳的造反形

象。但在他的画里却都是我们身边事物。日光下清澈的河水、白雪覆盖的街道、葱茏或凋败的树木，默默行走着的路人，还有种种室内的"静物"……可是这些再寻常不过的事物却莫名地神奇与迷人；尤其餐桌上那个总剩着半杯茶水的玻璃杯，晶亮夺目得叫人惊奇。他赋予这些形象何种法术？是神秘的美还是生命？

从今天的角度看，如果不是那个把日丹诺夫式的"现实主义"奉若神明的时代——如果换做今天——李文珍一定是一位独立画坛的杰出的大家。可惜，他的才华被那些荒谬的岁月长久地埋没并搁置一边。

然而，李文珍先生却不逢迎时尚，在寂寞中始终恪守着自己的艺术理想，几十年里一直静静地躲在自己的心灵里作画。他那些凝重刚健又颇具灵气的心性之作，不可能挂在当时任何一个画展上，但他决不会为了世俗功利而矮化自己。这恐怕是那个文化专制时代一个有气质的艺术家仅能做到、又很难做到的。

李文珍先生的个子虽然不高，腰板挺直而威风。鼓鼓的脑门下目光温和又镇定。虽然他是他的家庭艺术"沙龙"的主人，可说话不多。在他的"沙龙"里谈话很自由，或是谈论谁的画，或是对谁拿来一幅近作议话一番，或是说说笑话。李先生不喜欢长篇大论，对他的话我们却十分留意。他常常冒出一句话，一语破的，道中绘画某一本质。可是他从不教训式地把这些道理硬塞给我们，而是说出来叫人感悟。每每此时，我们都像如获至宝。这是不是他的一种教育方式？

他不是那种用自己个人化的模子翻制学生的教师。尽管他有很执著的个人画风，却从不强迫学生学他的画。他善于发现学生的个性气质，循循善诱地把一个个独特的个性融入美的法则，化为彼此迥异的艺术。这样的艺术教育最难得，需要教师的艺术视野宽阔，并善于启发。其实这才最符合艺术的本质。因为艺术的生命就是个性。成就艺术首先是发现个性和完成个性。记得二十世纪六十年代，位于北京的几座国家级美术学院年年录取的新生中都有天津耀华中学的学生。他们都是李文珍的门徒，其中不少学生后来都成为很好的画家。然而，这些成功了的学生们更懂得老师的价值，不甘心老师只是一位出色的艺术教育家，还要为他在画坛找到理应得到的位置。

在"文革"刚刚过去的1980年，他的学生们就自发地在天津解放路上的艺术展览馆举办《李文珍暨学生画展》。以众星捧月的阵式，将老师簇拥其间。我曾为那种情与义而感动，撰文相助。当时，李文珍先生还在世，如今李文珍先生已仙逝多年，身在天南地北的学生们又聚在一起，执意为老师再出一本图文并茂的画集，并纷纷写文章忆往事而尽心声。在八〇年这些学生都正当盛年，如今多已年近花甲。依我看，八〇年那次展览所努力的是为老师讨回艺术的公道，此次则是对恩师的一种悠长而不灭的怀念。今日怀念皆缘于昔日的情谊。这是一种秋天的果实对远去的春天深长的感激。每个秋实的汁液里都包含着春天的雨露；每片通红的秋叶里都隐藏着春天和煦的风。这些我们都从这部厚重的书中感到了。但愿这样纯正的艺术和这种美好的情感，能为更多的人感知。

2007.10.6

为李福清院士祈福

今年九月七日,我给远在莫斯科的李福清发了一个邮件,祝贺他八十寿诞,并告诉他为他选编的论文集快印出来了。他迟迟未有回复,使我担心起来,我知道他重病压身,心中暗暗祈求上苍帮他转危为安,能有什么奇迹在他身上发生。

李福清很像一个中国人的名字,汉学家都有一个中文名字,他俄文名字的译音是鲍里斯·里弗京。我结识他是在上世纪八十年代初,他自"前苏联"来找我。尽管他年长我十岁,那时还是很年轻。身子结实而有活力,下巴的胡子比墨还黑,探询的目光充满真诚,还有一种亲和感。由于近当代中俄非同寻常的关系,我这一代人与苏俄文学有种特殊的情缘,拿王蒙的话说"那时苏俄文学也是中国文学的一部分"。但此前我本人与苏联文学界不曾有过接触,头一次接触便情不自禁大谈苏俄文学;他却避开我的话题,反过来谈我的作品。没想到他对我写的东西竟然那么熟悉,而且已经翻译了我的小说。据说他把我那个凄苦又哀伤的短篇小说《高女人和她的矮丈夫》译成俄文发表在前苏联的《文学报》上时,使得"苏联读者"颇为吃惊。因为那时在他们的印象里中国当代文学是非常革命化的,昂扬乐观、一不怕苦、二不怕死、勇往直前,从来没见过"这么伤感的中国当代小说"。这样非同一般的读者效应,促使他在"苏联时代"就出版我厚厚的一本小说集了。

译者与作者的关系情同知己,我们的关系究竟有多亲近?有个小故事胜过许多描述。

八十年代后期,李福清去德国访问时,要从波鸿去往科隆,一时找不到合适的住处。在波鸿大学任教的德国汉学家马丁教授——也是做我研究、与我过从甚密的好友——对李福清说,你到科隆可以住我家,我的房子现在空着。李福清到了科隆已是深夜,他找到马丁那条街,却只记着马丁对自己房子的描述,忘了门牌号。他拿不准自己面前的房子是不是马丁;他掏出钥匙试一试,居然打开了门,可是进了屋子开了灯,心里还犯嘀咕,怕弄错。忽然他看见桌上立着一个小镜框,里边照片竟是我的——

"呵,是冯骥才告诉我这房子没错!"李福清事后到中国来对我说起这件事时,哈哈大笑,眼睛闪着亲切的光。那意思像是说:瞧,我们的缘分!

而往后,我们的缘分更是非同一般,甚至可以用这四个字来表述:十分奇特!

三十多年来,我们可不是一动不动并立在文学这块土地上的两棵树,一起揎枝长叶,开花结果;而是像一条江上并行的两条船,一同转弯,转来转去,始终没有分开过。

八十年代末,他把一本又一本对中国古典小说与戏曲研究的专著送给我时,我正一部又一部地发表我的文化小说。记得他每次来天津访我时,我都会陪他去沈阳道的旧书摊和山西路上一个书贩子家去淘书。我俩都喜欢清代民间木版印制的绣像小说。每当他翻到一本少见的小书时,脸上的神气好像带着很强的"饥饿感";他常常是抱着一摞书、咧着胡须中的大嘴笑嘻嘻满载而归。待到九十年代，我投身到中国民间文化抢救时，他作为老一代俄国汉学大家、中国年画研究学者阿列克谢耶夫的弟子，对年画异常的酷爱及其学养派上用场。他几乎像一个志愿者，兴高采烈地加入到我们的年画抢救与学术整理中来。

应该承认，俄国学者比我们更早地认识到年画——这种岁时应用的花花绿绿木版画中极高的文化价值与艺术价值。从科马罗夫到阿列克谢耶夫——大约由1894年至1907年——他们在中国收集并捐藏到俄国一些博物馆的中国木版年画当以万计，而其中大部分在当今中国已无迹可寻。这批藏品是必需进入我们抢救范畴的。在我邀请李福清来整理这批珍藏在俄罗斯的珍贵的年画遗存时，他已年逾七十。他虽然身为俄罗斯科学院的院士，向例不要助手，独来独往，全凭个人。我担心他以一己之力，难以胜任。谁料他像是要实现自己一个夙愿那样，即刻开始工作。那两年他东奔西跑，反反复复游走于分布在俄罗斯各地的二十多个博物馆，翻遍馆藏中国年画的珍品，从中择粹取精，历时三年，终于完成这一巨型的工作。其间，使我惊异的是他筛选、考据、断代、确定产地、阐释内容的能力之高。这些方面不单需要年画学本身极深的修养，更要广博得又庞杂的文化学识。他几十年对中国历史、文学、戏曲、曲艺、美术、民俗等方面研究积累下来的功力，全都使用到这项工作中来。特别他为这部堪称"俄藏中国木版年画档案"而写的题为《中国年画在俄罗斯》八万字的长文，使我读过不禁发出感叹："当今俄罗斯，李福清之后谁是来者？"

李福清是位真正的学者。他治学精神几近疯狂，每次与他见面，他都会先掏出一张纸，上边写满了一个个要与你讨论的问题，还有许多大大小小的口袋，里边全都是要请你帮他识别的图片和

上世纪九十年代李福清来访

底片,每张图片每个细节都得谈得明明白白才撂到一边。他深知"学问"二字的关键是"问"。因此,他在中国学界的朋友不胜其多。如果他与你讨论问题时,你对他说"晚上请你吃饭",他会一边礼貌地说声谢谢,一边摆摆手表示没兴趣。他的全部兴趣都投在大得没边、深得没底的中国文化上。

汉学家的意义是,在你急着叫中国文化走出去时,他们已经把中国文化拿过去了。

为了中国文化,他一趟趟辛辛苦苦跑来数十次。他把多少生命时间放在来来回回长途飞行的航班上?

所以,我特别珍惜李福清。不单因为他是我多方面的知己,异国间情投意合的老友,更由于他在中俄文化交流上无可替代的作用。

在李福清八十岁之前的一年,我们就与南开大学的俄国语言文学教授阎国栋先生商议,今年秋天把李福清请过来,还要多邀请一些他在中国的朋友,为他做寿祝寿。为老者祝寿是中国的人文传统,我们想以此表达对他由衷的敬意,进而还策划了一本蒐集了李福清多年年画研究的文集,尚意用来为此举增色添花的。现在应做的决定是,不管他能不能再来中国一趟,我们都会如期出版这本书,如期举行祝寿会,为他祈福,天赐寿焉。

2012.9.22

司格林教授

不好的消息像流弹,忽然把你击中,你完全没有准备,只知道疼。

没想到在维也纳喝着当年的葡萄酒时,忽然一个来自彼得堡圣彼得堡大学的短信从手机里跳出来:司格林教授骤然辞世。一时手机的屏幕好似灭了——变黑。

一个几十年里一直是活生生、好说好笑的人怎么突然没了。此前两个月还接到过他来自圣彼得堡的电话,谈的是关于我的散文诗集《灵性》的翻译问题。

记得我和他打趣儿。我说:"我最短的一则,只有六个字。可不好译呵。"

诗比文难译,难上去至少三倍。这是谁都知道的事。

他马上回答我:"我能叫俄国人读起来,就像中国人读你中文的《灵性》。"

我大笑。笑中还欣赏这位年近八十岁老头儿依旧像小伙子那样好胜好强。这不正说明他生命力的依旧强盛。这自然叫人高兴。

记得最初认识他是上世纪八十年代初在北京的一次文学活动中,地点忘了。却清楚记得是散会走出会场时,他从远处快速走

来。一张随和的洋人面孔,一张口竟用纯正的北京话说:

"我叫司格林。是你好朋友李福清的好朋友。"

李福清是俄罗斯科学院的院士,汉学极好,也是我好几部小说的译者;而司格林这句类似绕口令的话好似炫耀他的中国话有多棒。的确很棒,还有幽默感;一句话就叫我见识到他的个性及其出色的汉语。

我笑道:"你的北京话比北京人说得还好。"

他立即接过话说:"因为我是老北京。"

我一怔,这话后边是他必定不凡的身世。再一问,原来他出生在北京,十六岁才回俄罗斯。我便说:

"中国民间对人的乡音有种说法,十五岁是一条'杠',凡十五岁前离开老家的,乡音易改;十五岁后离开老家的,乡音难改,甚至要带上一辈子。"

司格林笑眯眯地说:"你说这话我就放心了,我喜欢老北京。"

从这句话我听得出他对北京有多么深挚的情感与记忆。

此后我多次见他,他的开朗、亲切与好说话,使你与他相处有一种老朋友的感觉。我喜欢他给我这种神奇的印象:一张纯粹的老外面孔,和一口地道的老北京话。话中还时不时蹦出几句北京人智慧的土话与好玩的俚语,显示他对老北京文化透彻到几乎练达的功底。据说他还写过一本关于中国曲艺的专著。这样他的中国文化修养可就深不可知了。凭着这非同寻常的汉语及其文化根底,他做过戈尔巴乔夫的访华翻译,还参加过戈氏与邓小平的会谈。

但我一直没能与他有更深的交往。因为他没译过我的作品。译者与作者只要有过一本书翻译的经历,就是进入朋友间最高的

在圣彼得堡又见到司格林教授

层次——神交。我当然希望与他有这种美妙的关系。可是我听说他译过老舍先生的小说,译得颇合原作的味道。后来我还读到他用中文写的一本回忆录《北京我童年的故乡》。我深信,以他对老北京的偏爱,如果他想译一部中国文学作品,京味小说一定是首选。比方邓友梅或陈建功的。

然而进入二十一世纪不久的一天,我忽然收到一本打海外邮寄来的外文版小说,打开瞧竟是俄译本《俗世奇人》,译者正是司格林。这使我感到意外。我猜想他对这本小说发生兴趣是由于我所追求的中国文学的一种传统——令人叫绝的故事。可是这小说太天津味儿,天津味儿和北京味儿是两种迥然不同的味道,何况我又过分着力于语言上的"炼字",他会译得怎样?然而我听到的精通中文的俄国人和精通俄文的中国人都说他的译本"极棒"。后来俄罗斯还出版了这本书的中俄文的对照本,以供俄国人学习中文,这就完全归根于司格林出色的译笔和他对中国风土人情的精熟了。

这样,2005年我访问圣彼得堡大学,见到司格林与之拥抱时,他便用那老北京腔热乎乎地说:"太好了,我们的冯骥才来了。"我前边说过,一本书会使译者和作者成为神交的老友。

记得在东方系的座谈会上,司格林教授说:"自从六十年代老舍先生到我们大学访问之后就没有中国作家来过,因此今天我很激动。"在座谈中,我还知道他们的学者都在默默致力于中国文学的研究,比如对沈从文和莫言。司格林教授的话令我心生欠意。为什么我们竟如此久违了中俄文学的交流,疏离了他们的汉学界?为什么我们曾经对苏俄文学那么狂热,而如今却像"一团粉丝"那样倾倒于欧美和"诺贝尔"?

这想法促使我经过两年努力,从上世纪吴椿所译契诃夫的《黑衣教士》和林琴南所译《罗刹因果录》为始,直至今天——这一百年俄国文学的中译版本中,寻找和挑选出一千种,办一个大型展览叫做"心灵的桥梁",展示出一个世纪以来俄国文学走入中国长长一串的足迹。王蒙在会上说了一句颇有历史感的精辟的话:"这些苏俄文学的中译本,也是中国文学的一部分。"那次活动,我还把中国的俄译名家和俄国重要的汉学家请来,用论坛方式进行交流。李福清、司格林还有高莽、蓝英年、顾蕴璞等都是主角。索罗金和草婴因身体缘故未能出席,应是遗憾。司格林的话题是"中国文学与俄罗斯读者",他说由于"凡是想从中国文学了解中国的人首先要寻找已译成本国语言的译本",所以他认为"翻译家对中国的文化与中国人的心理的研究才是最为重要的"。他所说的"翻译的最高境界是非技术的",引起了中俄翻译家的共鸣。

当然,我想做的远不止那一次交流活动。我有那么多俄罗斯汉学界的朋友,可以共同做些事。但我从来没去想到我们的年龄有多大;充满活力的司格林还没来得及和我道个别——就匆匆走了。

他前几个月不是还在电话里对我说那本书散文诗《灵性》快译完了吗?我正打算今冬的一次国际文化论坛请他再来呢。

他不会再来,永远。

我在维也纳给圣彼得堡大学教授罗季奥诺夫先生发一份电邮,那是一份沉重的唁电,表达我对司格林的痛惜与怀念。后来罗季奥诺夫说,他在司格林的葬礼上念了我的电函,还替我献上一束白玫瑰。

我想,在葬礼上,白玫瑰也会流泪的。

司格林,我还能为你做些什么?我们的情谊和要做的事怎么才能延续下去?

2011.7.15

留得清气满乾坤

——悼孙犁先生

忽闻孙犁先生辞世,一阵痛惜过后,却有一种异样感觉产生。静下心想,心中无声地冒出王冕那题画诗中最后的两句:不求人夸颜色好,只留清气满乾坤。

在我热爱继而从事文学来的几十年里,不断地读到孙犁先生的作品。先是他那种风格独具的小说,他的乡土情感与真诚的人民性,那种风格一如白洋淀里的水光荷影,明亮透彻;后来便是他的散文随笔,亦是一样的清纯;其练达的文字,尤具古典文学的功力,仿佛荷叶上的颗颗露珠,晶莹闪烁。孙犁先生在中国当代文学史上自然居位甚高。那么,他身后给我们留下的除去作品本身还有什么呢?

我想,是他为人为文一种明澈的个性。一种纯净的境界。一个惟其独有的审美空间。

我至今还记得他在鞍山道那两间老式平房,一排书柜从中隔开,外边待客,里边起居。房子几乎没有什么装饰。方桌上一个圆圆的水仙盆,用清水养着十来枚各色的雨花石。那清澈而沉静的水与石头上不变的花纹,便是他个性的象征。记得他每收到外边寄来的刊物,则用裁刀在一边整齐裁开。取出刊物后,收起空信封,以便反过来再用。他的勤俭是认真的。做事如做人一丝不苟。

他不爱热闹,自然更不善应酬,与人谈话时也是说的少。现在只记得一些关于沈复和李后主的谈话,那恐怕还和我偏爱这二位文人有关。他很少谈外国作家。当时我想,可能是"文革"才过不久,老人们心有余悸,尤慎于言吧!然而他在"文革"中从不苟合时污,不迎合权势,这在那个充斥着政治淫威的时代是极难做到的。由此看,不正是一种坚硬的骨气支持他这个外表儒弱的知识分子周身不染地度过了那风雨十年吗?

他不喜欢世俗的纷争与打扰,他甚至更喜欢寂寞一些,逢事辄必退避三舍。但是他又不会对社会的症结视而不见,往往忽出一纸言辞犀利的檄文;他既出世又入世,前者出于他的天性,后者出於他的社会良心。而其前者应视作为人高洁,不落俗;其后者则是他思想原则上的黑白分明,刚正不阿。

孙犁先生的美学是讲究距离感的。即便是他写那些抗战时代的小说,对自己十分投入的生活,也保持审美的距离。审美距离的最终成果是审美的升华,这也是他那些名篇今天还很迷人的关键。同时,距离使他冷静,深入,不被激情误导,所以孙犁的作品不煽情,不造势,不媚俗;看似很淡实际很深。他用生活本质的情感与美征服人。能使他如此自信地写作,来源于他为人为文的真实、透彻与纯粹。为了这种纯粹,他甘于寂寞。孙犁的寂寞才是彻底的、不打折扣的、真正的寂寞。他只要文学之内的东西,不要文学之外的任何东西。他终生守住自己的个性,也守住了自己的文学。

他给文坛留下的既是一种风格,更是一种性格。把这种风格与性格合在一起,便是孙犁的文学空间。孙犁是当代文坛特立独行的"惟一"。他是不可模仿也无法模仿的,这便是他至高的价值。也许我们的理论界过于钟情于种种舶来的新潮,对孙犁的空间还远远没有开掘。而且,在今天市场化中充满世故与故事的文坛艺坛中,由于孙犁这种为人为文的存在,使我们觉得清气犹在,呼吸起来,沁人心脾。

然而,此刻我还是有一种伤感。

记得十多年前,我陪方纪先生去看望孙犁。此后我还写过一篇《爱在文章外》文章,记下他们见面时年轻人般无瑕的情谊。那一次以及后来的一幕幕都在眼前……还有在梁斌家看梁老一任天真地作画,在方纪家看方老用左手执著地写字。但这一切都已过往不复,成为历史。他们各自的那间书房于今安在哉?

文学的一代先贤去了,历史的巨手把一个文学时代一下子翻了过去。这一代人中有多少昔日的才俊与文豪,都已化为一片虚幻,宛如远去的帆影。站在历史的面前,我们深深感到无奈与茫然。谁也无法把过去的时光拉回来。

但历史也不会空空而去。孙犁的一代不是把美好的有特殊意义的东西留给了我们?

我们因他们而骄傲。我们会珍惜他们留下的一切的。

2002.7.11

四君子图

京城一家出版社约我与王蒙、范曾、贾平凹合出一套文集,各人一册,文章自选,还别出心裁地请我们各写一篇与其他三位交往的文章。我脑袋立时冒出这篇序文的题目:四君子图。为何?自我标榜为君子吗?非也。只是想到古人谓竹兰梅菊为四君子,而竹兰梅菊其形其色其味其神彼此不同,不过依此行文,寻些情趣而已。

在这里,竹是我,兰是范曾,梅是平凹,菊是王蒙。至于我与竹何干,放在篇尾再说。

先说兰,范曾。

初识范曾是在二十多年前。他由北京来南开大学捐楼办学,那时他已是书画名家。初次见面不免谈到他的画。他忽说:"我从来不送画给人。"他可能误以为我想向他索画吧,因笑道:"我屋里从来不挂别人的画,只挂自己的画。"谁想后来熟了,他却主动送画给我。他从旁人口中知我母亲喜欢他的字,便托人送来一幅,有字有画,而且是精心之作。一次我生日,关牧村来作客,手里拿着一卷画笑嘻嘻给我,说道:"我刚从范老师那儿来,他听说你今天生日,当即给你画了一匹马。"我属马,朋友有心,使我感动。

原来他不是不送人画,而是作画及赠画都信由一时的性情。

就像兰叶,随意舒展,一任情怀。

再一次,在北京开会时,几位朋友晚间聚在一起喝茶聊天。忽然推门进来一位瘦瘦的男人,手捧本子来找范曾签名,并说:"范先生你必签不可。"范曾说:"我为什么非得给你签?"那人说:"在四五天安门事件时,我为了抄你纪念总理的诗,脑袋挨了纠察队一棒子。现在脑顶上还有一个疤呢!"范曾听了,不禁动容,非要看。那人低下头,扒开头发果然有一条很深的疤。范曾问他:"你叫什么?"这人说:"李国清。国家的国,唐宋元明清的清。"范曾当即拿笔在他的本子上题了两句:"江山幸有国清日,不忘当年顶上花。"

其潇洒自如,乃兰草之气质也。

后说梅,平凹。

去年去陕西考察,得机会在西安与平凹一聚。那天恰逢他的大作《秦腔》获茅盾文学奖,笑容很多。抽着烟,龇着牙。我对他打趣说:"你在北京说过,叫我到你家挑个陶罐,今天我就为这事来的。"平凹收藏不少汉陶的精品,这是远近闻名的。没想到他人比传说中的大方得多,马上带我去。是不是正赶上他黄道吉日得了大奖了?当然去他家,更是想看看这位文笔诡谲的商州奇士到底怎么活着。

他家在市区一幢公寓房的顶楼。天色入夜,摸摸索索地爬上去。待灯一亮,好似站在一家古董储藏室里。里里外外贴墙摆了一圈的玻璃书柜里,不是书就是古物。使眼一扫,极合我的口味。没一件材质昂贵、制作精美、官家或皇家的物品,自然也很少拍卖行里的热拍品;却一概是原始的、草莽的、乡土的、粗粝的老东西,然件件皆有生命,有罕见的文化信息和沉重的文化分量。真正的藏家都是一逞自家独到的眼光,只有古董商才按照拍卖行的图录淘东西。与我同来的访者,吵吵嚷嚷地问他何以收藏这么多石雕木刻铜铸泥塑各式各样的蛙,何以在书屋正中一把怪模怪样的椅子上"供"着自己的照片。我却坐在他的书桌前,细看他摆满一桌子稀奇古怪的东西。我的书桌乃至书房画室也摆满了各样的东西。每件东西都是因为喜欢才摆在那里的,不经意凑在一起却呈现了自己的世界。细看被平凹摆在书桌上一样样的东西:瓦当、断碑、老砚、古印、油灯、酒盏、佛头、断俑……以及说不清道不明的历史人文的碎块与残片。从中我忽然明白这些年从《病相报告》《高兴》到《秦腔》,他为什么愈写愈是浓烈和老到。比起那些用地域文化做佐料的小说——那些小说只是把地域文化当做灯泡挂在树上,平凹则是把自己生命的老根扎在文化的大地里。于是,就像老梅桩,愈是崚嶒纠结,愈能生出一朵朵活泼泼鲜嫩的花来。

再说菊,王蒙。

记得1985年王蒙要到沙滩的文化部上任部长的前两天,我和张贤亮等几位文友去他家玩儿。那天,他正用不大精熟的英文把美国电影《爱情故事》主题歌的歌词翻译成中文,还一句句地唱。词译得不顺,声音走调得更厉害。我们笑着说:"从此中国多了一个部长,少了一个作家。"王蒙立即反驳:"我决不会像你们这么弱智。"从此,我一直盯着王蒙在文学路上能走多远。多年来观察到他的情节和细节够写一本小书了。可是,他到了七十岁后居然发了疯,又论红楼论老子庄子,又到处演讲演说,还成本大套地写书。很像菊花,愈到天寒木凋之日,开得愈欢。为什么呢?前两年,他在青岛举办研讨会。我正好要到贵州去开全国文化遗产保护工作会议。去不成青岛了,便为他写了一幅字,半开玩笑半认真地写上四句:

在西安平凹的书房里

"满纸游戏语,彻底明白人,

偶露部长相,仍是作家魂。"

惟此,他才能像菊花那样,在人生的夕照里把花儿一直开下去。

最后说竹,说我自己。

我非自比为竹。尽管我欣赏竹之虚心和有节,尤其喜爱郑板桥那句写竹的诗"咬定青山不放松"——我还把这句诗作为我们文化遗产保护的座右铭。这里只是说我与竹子靠点边儿的一个小插曲,和上面几位文友凑个热闹。

这件事还是与王蒙有关。那天参观青岛海洋大学的王蒙研究所,主人非叫我和我爱人顾同昭合画一幅小画,留做纪念。盛情难却,勉强从命。我爱人便画了毛茸茸一只小鸟,我用水墨亦湿亦干地补了一片浓竹淡竹,随之心生四句,提笔题在画上:

"小鸟落竹中,不啼亦有声,

侧耳四下寻,原故是微风。"

这样便是,竹兰逢梅菊,合为君子图。

一笑则已,充作序言吧。

2009.12.15

话说王蒙

一

王蒙写了《夜的眼》等几篇背叛文学传统的小说,不知是祸是福,一下子掉进议论的漩涡。因为,几十年来,中国文坛不曾在艺术方面展开过如此广泛和激烈的辩论。

在报刊上,一些评论家热烈地赞助王蒙,文章写得由浅入深,想尽办法把王蒙这些作品解释明白;他们像一群认真得有些发迂的外科医生,细心解剖王蒙,恨不得把这头怪物身上每一根末梢神经和毛细血管,都加上明明白白的注脚;另一些评论家则对王蒙提出批评、劝诫、警告。这并非是冷淡,而是恼火,原来也动了感情!

他正在征服一座无名高峰。奋力攀登吧,小伙子!

他已经走到悬崖边缘了。一失足成千古恨,该回头了,浪子!

议论的另一个中心在读者中间。作家更关心这个中心。这里也更加激烈。评论家往往要给作家留点面子,下笔时有委婉之处;读者的话却都是直接感受,不讲究措辞。他每天从邮递员手里接过一叠叠信,来自天南地北,褒贬皆有。有的是通篇真诚的赞美词,有的则写满被激怒的言语——

"《深的湖》是文学的堕落!"

"看《风筝飘带》,文字懂,意思不懂。看《海的梦》,文字和意思全不懂。结论:王蒙的作品,等于对大脑的惩罚!"

"你具有很高的格调!"

"在我所了解的中国当代作家中,很少像你这样富于历史感!"

"我看你还是多写一些《说客盈门》那样的作品,以便让更多的人接受。"

"请问,意识流是不是坐在家里瞎'流'?"

"读你的作品时,常常产生一种似曾相识的感觉。你写出我无法形容的内心感受。"

"我们去订阅杂志时,先要问一问这杂志是否登载王蒙的作品。如果登载你的作品,我们就坚决不订!"

这些话无处争鸣,却在王蒙这里无声地打架。

王蒙笑了,笑中的含义是多样的,无人猜得。他并没有给这漩涡搅浑,反而从容不迫地接连写出《杂色》《如歌的行板》《温暖》《相见时难》,等等。这么一来,漩涡愈转愈急,他处处听到喝彩,也处处挨骂。

一家报纸向王蒙要一篇关于他本人作品的文章,他就把一封批评他作品的读者来信拿出来,推荐在报上发表。他把这位好心读者的严厉批评公开了。他自己也来推动这漩涡的转速。为此,人们便纷纷议论他这一举动。有人说他自找挨骂;有人说他非常聪明,因为对于作家来说,批评也是一种宣传,批评过重,还能取得善良读者的同情;有人则说他胸怀开阔,一个真正能肚子里跑轮船的人。

我给王蒙写了一首打油诗,他挺喜欢,挂在青岛海洋大学王蒙文学研究所中。诗曰:"满纸游戏语,彻底明白人,偶露部长相,仍是作家魂。"

"你呢,你认为呢?"有人问我。

我听到这问话,首先有种快感。我对于可以自由发表自己意见的事物,总是十分感兴趣的。

二

我对王蒙讲述关于拳王阿里的一段事:阿里每逢比赛,总要事先出钱收买一些人,作为自己的反对者。在比赛时,给他起哄,骂他,羞辱他。这样,阿里的搏斗欲望才被刺激起来,力量鼓满全身,肌肉膨胀,精神达到最佳的竞技状态……

"他需要挑战。"我说。

此时王蒙的眼睛灼灼发光。他似乎说:我也一样!

强者欢迎挑战,弱者害怕攻击。强者在挑战中,情绪得到激发,力量接受反作用力的补充。

一次会议后,我对他说:"你今天的话不够精彩。"因为他讲话一向风趣十足,充满灵感,时出犀利的警句。他说:"今天在座的没有反对者,我兴奋不起来。"

文学艺术的历史,每每向前迈一步,首先都会碰到挑战。勇士是在战场上厮杀出来的,运动冠军是在比赛场上拼搏出来的。如果你要大胜一场,赢得光彩,就要带着全副本领昂然地去迎接最强有力的挑战!

但是,王蒙所遇到的并不完全是挑战。还有对他的困惑、担心和猜疑。

他在玩弄形式?在有意回避尖锐的社会问题?在做文字游戏?在制造迷阵?在装腔作势?在用洋笔墨糊弄中国人?

作家从来不应该为自己的作品辩解。哪怕有人把你的作品歪曲变形,也没有必要更正。这一点,作家应当像大自然——它创造山林、平原、江河、泥石流、火山、潮汐、花草、飞雪、微风和斜雨……但它始终沉默不语。一边任由人们享受和利用,一边听凭人们埋怨与责怪。

把解释权、评定权、裁决权,永远留给别人。作家的天职便是创造和再创造。

那么谁来解释清楚王蒙——这个当代文学的叛徒,不肯循规蹈矩,搞坏人们文学胃口的狂人,戏弄读者的文学魔术师?

谁来说明:他的小说为什么人物不鲜明,看不出主题,结构不清晰,语言东一句西一句,没情节,有头没尾或没头没尾,他的创作思维是否发生了紊乱?那些自称他的读者,又是些什么人?赶时髦?不懂装懂?精神错乱者?

三

他的两只眼都近视,一只四百度,另一只四百二十五度。他配了一副度数精确的眼镜,为了把这缤纷复杂的世界、千变万化的生活和形形色色的人全都看得一清二楚。

他不肯把注意力固定在某一个范围内。作家理应对周围存在的和存在过的一切都发生兴趣,好奇心超过儿童,视角三百六十度;大脑像一台大型计算器,敏捷地储存下从大千世界中感受来的每一个信息;目光跟踪所发现的所有人和事。

中国太大了、人太多了、历史太曲折了;生活如同大海一样莫测深浅与吉凶。忽而水波不兴,一碧万顷;忽而大浪滔天,樯倾楫摧。这个人，不满十四岁就"地下"加入新中国缔造者的行列，少年的布尔什维克。当他眼瞧着天安门广场被胜利的红旗遮盖时，理想仿佛一条宽阔的光带铺在脚下。其实，理想还在心中，现实却在脚下。三十年来他走过一条异常艰辛的路，许许多多人都一同走过这条路。有的跌倒，有的停下，有的从来不肯止步不前；有的抱怨，有的呻吟，有的默不作声；有的凭惯性，有的靠意志。大多数人一直走到今天，心里边装满酸甜苦辣。有的灰心丧气，有的依旧气宇轩昂。王蒙是后边这一种。在这一种中，他还是结实的一个。

有位美国人问他："五十年代的王蒙和七十年代的王蒙，哪些地方相同，哪些地方不同？"

他回答："五十年代我叫王蒙，七十年代我还叫王蒙，这是相同的地方；五十年代我二十多岁，七十年代我四十多岁，这是不同的地方。"

乍听是句玩笑话，话里却包含着千言万语难以穷尽的广泛内容。

生涯坎坷的人，如同生在绝顶、日日风吹的树。脆弱的枝条最容易折断；根深蒂固才得以生存下来。苦难里可以找到生活的蜜汁，困境中可以发现真正生活的通途，失败中可以求得避免失败的经验。谁能用痛苦制造出医治痛苦的良药，在锤打中练就一副坚硬的身骨，谁才能说：我获得了生活的真谛。

作家的责任，还要把这一切告诉给人们。惩恶扬善，化凶为吉，去伪存真。唤醒生活的幻想者，同时给过分现实的人一点幻想。还要给那些颓唐、沉沦、迷惘的人一服有效的精神补剂。

一九六四年，他被放逐到遥远的新疆，抵达乌鲁木齐的当夜，写了一首七言绝句：

死死生生血未冷,风风雨雨志弥坚;
春光唱彻方无憾,犹有微躯献塞边。

将近二十年过去了,王蒙还是王蒙。依旧是布尔什维克,但是一个清醒的、经过各种磨炼的布尔什维克。依旧是一个赤子,但是一个成熟的赤子;依旧心头热血奔流,但他不会再为生活中美丽而晃眼的假象所迷惑,单纯又傻气地冲动起来;依旧充满社会责任心,但他更懂得这种责任的严峻性和怎样去尽自己的职责。

经历了数十年风云变幻,岁月的锋刃在他脸颊上刻下两条垂直的皱痕,如今他把皱痕变成半圆形的曲线,现出笑容。

笑不一定都是轻松的,叹息也不一定是绝望。最明亮的地方,灰尘反而看得一清二楚。最黑暗的地方,一小块碎玻璃碴反而会发亮。眼泪的味道更不相同,酸的、甜的、苦的、涩的,还有混在一起的。

他说:"作家的积累,除去生活的积累之外,还有情绪的积累。"

如果快乐、辛酸、甜美、忧虑、愤慨、感叹,沉思与回忆,过去与现在,历史与现实,一时都涌在心中呢?百感交集!这个内心异常丰富的人,时时处在这种百感交集之中!

他说:"我如果用原先的写法,只能把这些感受和情绪一种一种写出来,但写到三种以上,就会有人以为我是在'意识流'了!"

他还说:"在表现生活上,我要'全方位'。"但哪有一种这样现成的手法?单单"意识流"也不够用呢!

四

　　艺术为内容去寻找形式。当内容发生变化,旧形式就成了束缚,陈规和锁链。咬不破茧套的蚕儿,最终会僵死在套里,活的生命干缩成一块可怜巴巴的无机物。这使我想起裹脚的老奶奶,她那硬给传统习惯捆束的模样可怕的一双小脚。

　　社会变迁,艺术受生活内容的逼迫而面临变革。本世纪以来,音乐的节奏明显地受生活的节奏影响;照相技术的精益求精,轰毁了西方绘画中写实主义的统治宝座;光、电子、宇宙探索的迅速发展,在人们的思维、意识和审美中产生深刻又微妙的作用。彩色音乐、太空美术和有形的文字——电影出现之后,人们对于文学艺术概念的理解不同往昔了。科学的昌明,还使社会结构愈来愈复杂,大脑愈精致,个性更突出,包括艺术在内的表达方式也就更加多样。

　　中世纪的田园牧歌虽美,只是旧生活迷人的遗迹,供怀古者发一发幽情而已。现代建筑师不会再去建造金字塔和长城,他们要在地球上留下能够标志本世纪特征的事物。

　　艺术史从来不记载摹仿者的姓名。它干脆就是一连串拓荒者的姓名连缀一起的。在创新的道路上,失败和成功的比例,大约是一万比一。摹仿的事情容易又稳妥,革新之举艰难又冒险。成功了,就被尊崇为某某开山鼻祖;失败了,便被斥为异想天开的狂夫。清朝三百年,中国画坛是泥古不化的"四王"的天下,绘画则有退无进,几乎滞绝。为此,我于此道,向来不敬渊博的守旧者,宁肯听信雄心勃勃的狂夫们!在最难获得成功的地方,应该是最允许尝试和失败的。

艺术形式的变革,有它自身的规律。它不因朝代的更迭而划分。它是受科学、哲学、社会生活的变化不断的影响,最后表现在审美内容和方式上的一个飞跃。这个飞跃,要靠一些具有非凡艺术胆识的人去创造。

奇怪的是,艺术家们创造出最符合时代特征的美,往往并不马上被人们所承认。在绘画中,扬州八怪和印象主义都在它诞生时被相当一部分人视为艺术怪胎,一时耻笑和怒骂淹没了少许的赞赏,但过了一段时间,这种反感的情绪便渐渐平静下来。人们从适应到承认,从承认到公认,终于看出其中最贴切的时代感,这才惊讶地发现艺术家超乎寻常的才气。而"时代感"在当时就是"现代感"。现代感中包含审美内容。真正划时代的艺术家,都是站在时代最前头,凭着艺术慧眼,敏察生活中蕴藏的现代感的。他的成就之一,就是把这种人人都隐约觉得的现代感捕捉到,具象之后,摆在人们面前。

每个时代有两个脉搏。一个生活的脉搏,一个美的脉搏。作家就是要同时准确地摸到这两个脉搏。一个化为内容,一个化为形式;但这个时代巨人的脉搏究竟在哪里?没人告诉,只有自己去寻找和摸索。

本世纪初开端的现代文学思潮,大多具有尝试性。作家为了表现各自的艺术主张和精神内容,甩开习惯的羁绊,朝着各自方向努力,也难免各走极端。费解的事物并非不可理解,正如荒诞派作品的本意并不荒诞。是否有人故意制造怪诞和迷阵去欺弄读者,这也难免。但是我想,作家大都是希望读者了解自己的。失掉读者的作家就像孤岛上的鲁滨逊。谁要去做鲁滨逊?

王蒙吗？

王蒙认为自己自从写过《夜的眼》，仿佛如鱼得水，游刃自如，他找到了自己最恰当的座位，最合身的服装和最舒适的鞋子，还有翅膀和鳍，同时也留下一条尾巴给人。这条尾巴就是：不懂。

一部分人不懂。

一部分人懂。

一部分人只懂一部分。

他无法使所有的人一下子都弄懂自己的作品；他更没有权利责怪不懂他作品的人，但他也不愿意丢掉刚刚获得的不少知己和一大批倾心相与的读者。

"在当今中国作家中，王蒙是采用西方意识流写作的吧？"

"不，我不这样认为。"

"噢？王蒙的作品形式不属于意识流？"

"对不起，先说意识流，我不认为是一种形式，而是一种方法，或叫手段。其次，意识流手法不是西方独有的专利权，中国古代诗词就有类似意识流的手法。它以人的意识活动的方式，从作家或作品的人物主观出发，去揭示人物的内心活动和感受，由此多层次地、立体地、真切地表现生活。东西方作家都采用过。尽管王蒙所用的意识流主要是受西方现代文学影响，但在他的作品中，意识流只是其中一个有机的组成部分，不是全部，否则就容易把王蒙误解为西方现代文学的仿效者，那就低估了王蒙的价值，也不符合王蒙创作的实际。"

"请问你，除去意识流，王蒙还有什么？"

"我希望不要把王蒙分解开，而要合在一起研究，否则就难以看到他的特点。"

上面是我和英国一位汉学家的对话。

王蒙至今对几位"意识流"大师,如乔伊斯和福克纳等人的作品,并非狂爱,相反很难读下去。

他不否认,他动用了"意识流"。《春之歌》《风筝飘带》和《蝴蝶》中就有较多"意识流"。《买买提处长轶事》含有某些超现实主义成分。《相见时难》中的"主食"是现实主义,又是各种手法的大杂烩。

他对西方各种文学手法,采取拿来主义。十八般武器,哪个得用就操起哪个,有时几样同时用。生活不为艺术设置内容,艺术却给内容设计形式。他主张一个作家要有几套笔墨。不要为了自己事先定好的调子,去捏着自己的喉咙发声。

他厌恶窄,狭隘,局限,自己捆缚自己的手脚;他喜欢宽,开阔,宽容,敞开自己的胸怀和情怀。

中国艺术之所以光华灿烂,正由于中国人曾经创造过无穷无尽、千奇百怪的艺术形式。中国人对艺术的理解力不低于世界任何民族。当西方艺术家设法打破戏剧舞台上的第四堵墙时,中国戏剧早不存在这一恼人的问题了。中国的书法艺术家,比任何西方抽象艺术都更加抽象,并专一地注重形式的表现。中国绘画从理论到技巧,都是二十世纪以来西方画家才开始触及的。

在历史上,从晋唐时期对东南亚佛教艺术的吸收,到本世纪以来苏俄文化的涌入,外来文化对中华民族文化的形成多次发生影响,但还没有一个民族的文化取代华夏文化。悠久的历史是民族的精神资本,民族精神又是自己艺术的重心。自己的艺术磅礴有力,对于外来文化(包括各种艺术形式)就有很强的消化力。在当今世界上，不善于吸取其他民族文化的优点和不善于保护自己民族文化的特点，同样是愚蠢的。民族特色也在不断地装进时代内容，染上时代色调。

至今我还没有读过任何一个外国作家的作品，与王蒙的作品类似。他穿上西装，在爱荷华的大街上溜达，人家还要把他当作中国人。他也以自己为中国人而自豪，毫无装一装洋人之意。

他深知，面对世界，中华民族的文化为他提供一个得天独厚、占据优势的高地。但他在这高地上的工作，不是把成堆的珍奇的古董搬来搬去，而是要在这峰顶添加几枚鲜活的、哪怕是小小的石子。加高它！

在地球上，风是流动的，云彩到处飘，太阳和月亮轮流在东西半球值班；如今，通讯卫星和无线电波把世界上每一角落、每一小时发生的事情传来传去；艺术不再相互隔绝，而成为各民族之间互相沟通、不需要翻译的往来交流的桥梁……

日本人喜欢雕刻一种三个并排而坐的猴子。一个双手捂着眼睛，一个捂嘴，一个捂耳朵。俗称"不听不说不看"。据说过去日本人很信奉这种与世隔绝的哲学，真不知这种哲学怎么使人受益？如果当今世界各国人都"不听不说不看"，日本的以出口为主的家用电器工业肯定马上垮台。故此，今天的日本人也抛弃这种哲学，那三个猴子便成了没有任何训诫意义、纯粹日本特色的小工艺品了。

世上其他地方，不知还有没有这种"不听不说不看"的小猴子？或是老猴儿？

五

我们在谈论各自喜欢的颜色。据说一个人偏爱的颜色能看出他的性格来。

蒋子龙:"我爱大红。"这条每个字都蘸着灼热激情的文学大汉,爽快地说。

张抗抗:"我喜欢淡蓝。"远天和薄雾中的海,都是这种颜色。她说得饶有诗意。

我告诉大家:"有位心理学家说,喜欢黄颜色的姑娘大多有点妒忌心理。"

王蒙来了,我们问他,他眨了眨眼:"杂色。"

杂色?杂色包括一切颜色,是世间万物、芸芸众生呈现的外观,为此画家的调色盘不拒绝任何一种颜色,钢琴家的键盘不能缺少任何一个音。哪怕最脏的颜色和最弱的音。

王蒙很少排他性。他总想包罗万象!胃口和食欲都极大,以致他的作品有时给人一种"袋子要被撑破"的感觉。

世界是他矛盾的混合体,难以统一的纷杂的集合。人也一样,优点、缺点、弱点,混在一起。你真诚、正义、善良、认真、讲卫生、不浪费、做过许多好事……对!但你从来没有过失?内疚?自私?说过谎话和假话?当然,在这中间,你还有倾向、追求和侧重面,否则人人都会不清不白,世事也就没有是非可言。

如果你想真正了解王蒙,最好先看全他身上的杂色。生活的多磨,使他外凸的棱角不多;过早的不公平遭遇,使这个机敏聪明的人早熟;八面逼来的社会应酬,又使他锻炼得善于八面应酬。这就难免被人误解为一个圆滑的精鬼儿。实际上,他的大脑经常陷入严峻的沉思,说话时不乏锋芒毕露而入木三分的议论;他和女儿逗笑时,会不知不觉现出他所怀恋的少年时代的纯真;他以对待艺术兼容并包的宽宏态度,对待不同性格的朋友和不同风格的同行们。他在多年来同甘共苦的妻子身边,好比刘备一样温存,但当他找不到东西时,恨不得把满屋的抽屉全都扣在地上;一个勇气填满胸膛的男人,待客备宴,宰鸡时却怎么也下不了手,搞得鸡在手里嘎嘎乱叫。他到底坚强还是软弱?一个事业上练达的干将,个人生活上的糊涂虫!一边预备好布票和钱,要去为自己买绒裤,一边正要给远在内蒙古的妹妹寄信,糊里糊涂把布票塞进信封寄走。他在商店选好绒裤后却找不见布票。不多天,妹妹来信说:"我这里布票足够用,请你不要再寄了!"他经常把自己搞得啼笑皆非!

生活中经常出笑话,他偏偏也最喜欢说笑话。在最困窘的岁月里,他很少哭丧着脸,如今到了最严肃的场合,他还是忍不住说几句笑话。

笑话,能减除痛苦,抵消伤感,缓和紧张,松弛精神,健脾养胃,还能加强生活的信心。

他说:"幽默感是智力上的优越感。"

中华民族本来是个富于幽默的民族。为此,戏曲中还有一种专事逗笑的丑角儿。也许近几十年的生活过于庄严和沉重,幽默感在人与人之间陌生起来。文学艺术中正剧和悲剧,便大大超过喜剧。

天性幽默的王蒙忍受不了这种天天一脑门子官司。人们都用自己的能耐对付生活,他则时时刻刻拿出擅长的幽默去迎战生活中的消沉与反常。幽默使他放松,也使他振奋;幽默使人不觉得他有"架子",也使人无法对他摆出"架子"。幽默还使他与周围的人很快建立一个舒适而亲切的关系。

他说:"幽默感是平等的表现,是对于等级观念的抗议,是对自负、病态的自尊、威严观念的一种矫治。旧中国,父子、君臣、师生之间都不能开玩笑,因为尊卑之别太甚。夫妻在闺房里是可以开玩笑的,出门之后就要作正经。"

对于一个成熟的作家,他本人个性中的各种因素,都会自然而然地反映到作品中去。王蒙更无保留,化灵魂为文字。缺陷也和优长一样显现出来。你可以看到,他内心情绪的表现长于形象刻画,大量又过多的鲜活的感觉搅乱了人物的具体性;没有轮廓而有核心,他似乎把哲学埋得太深,让人找起来有点费劲……当然,缺陷有时正是优长的另一面,同时存在。

文学不是文物,难作鉴定,谁也做不成文学法官,全凭读者自由选择。对于内涵丰杂的作品,读者总是从中各取所需,各取所好。难怪王蒙的赞成者,有的忽然变成他的反对者。

有个传说,王蒙在美国住了四个月,就能用英语讲课。去掉某些神奇色彩,他的英语足可以在国外应付一气。只不过在外国人听来,有些"口吃"罢了。但他能说一口流畅的维吾尔族语言。在新疆,有些维吾尔族人,不知他是作家,却只知他是个好翻译。他的口译能力,几乎能和两边说话的人同步。他的维吾尔语,是十年前在新疆伊犁背诵维吾尔文的"老三篇"时得到的意外收获。他的笔译有文为证。他译成汉文的维吾尔族作家合木提·买合买提的《奔腾在伊犁河上》已经出版。至于他将来是否翻译英文小说,那就看他的兴趣了。王蒙大概会回答:

"可能!"

这个世界上什么都有可能。

六

《不如酸辣汤及其它》出版了。有人认为王蒙要朝着黑色幽默走去。

《相见时难》出版了。有人认为他又向现实主义退回一大步来。

他究竟走向哪里?王蒙说:"不知道,既可以走得更远,也不妨回去转转,还可以另开别的路。"

他不能为自己预卜,别人的占卜则更不可信。

作家往往能看透社会,却无法看清自己。

当人人说他是"意识流"时,他在杏花村饮酒,即兴赋了四句诗,同行们看了无不大笑:

> 有酒方能意识流,
> 人间天上任遨游;
> 杏花竹叶情如梦,
> 大块文章乐未休。

原来是四句玩笑话!话里分明含着另一层意思。他是在嘲笑别人,还是嘲笑自己?他常常自嘲,而只有自信心很强的人才敢于自嘲。他似乎又是胸有成竹的。

世上的事,有的应该尽快找到答案,有的则以不急于下断语为好。对于作家,我们只有把问号留在心里,把答案留给他本人,把尝试权交给他本人,何况我们的社会已经给作家们展开一个自由驰骋的创作天地。

1982.5.16 天津

蹲在电话里的维熙

电话里维熙的声音极不美妙。低沉，略哑，好似从喉咙的深部发出来的。语速迟缓无力，还不时有点口吃。尤其是一句话开头的几个字，常常像是在舌头上绊住了。如果你是头一次用电话与他联系，必定会把他想象成一个老态龙钟、血黏度高、思维障碍中的衰年老者。如果你还是他的"发烧友"，熟悉他三十年前那段苦难史，那就一准会把这一切想象成是他年轻时代备遭摧残的结果。从而对这位身残志不残，奋笔千万言的大作家更加顶礼膜拜！

我吗？我的心里——我的电话里的维熙当然不是这样。我对他说："维熙兄天天享着皇上的福呀！"

"什么福？你这家伙连面也不露，你能看见我什么？"

"小兰是不是每天晚上在给你搔后背？"我说。这是我随手抓来的一个细节，唬他。我还悄悄笑，不叫他听见。

"你、你怎么知道？"他变得口吃了。他中了我的诈术。

我哈哈大笑。这时他才明白过来。骂我，反击我，但都没用了。我抓中了他的一个"话柄儿"。

他就是这么傻头傻脑！傻信别人，尤其是朋友。只要是他认定的朋友的话，绝对不会多疑。也许他心里的问号全是特大号的，全放在那个不平的世界中了，没有鸡零狗碎的疑神疑鬼的小问号放在周围朋友们的身上。于是我从这里看到维熙的一个致命的破绽——如果要搞垮他,千万别批他。你批他,绝批不倒他。可是你要是花钱收买他的一个朋友,对他说:"老从,为了真理从窗户跳下去吧!"他会想也不想,一扶窗台跳下楼去,彻底完蛋!

这种人具有右派的性格基因。这种性格基因的具体表现是些什么,读者可以在下边边看边想。但对于我,第一次遭遇他时就强烈感受到了。

这第一次遭遇的,不是他本人,而是那部人人皆知的《大墙下边的红玉兰》。我的第一部伤痕小说《铺花的歧路》与他这部作品同时发表在《收获》上。他是头条,我是二条,紧随其后。相信我比任何人都接近他。在那个刚刚解冻而天气犹寒的时代,他作品中散发出的硬邦邦的勇气首先鼓舞着我。我站在红卫兵的对面写红卫兵,而他站在大墙的对面控诉大墙。即使在当时,这也是胆大包天,不可思议的。而在此之前我从来没有读过有谁像他这样写大墙,写"无产阶级专政",写"专政机关",使用这样激扬又勇敢的文字。现在虽然已经时过境迁,但那种浩荡澎湃的震撼依然保存在我心里。所以我写过一句话:

> 真正的文学生命是长久不灭的感受。

我戏称他为新时期的"大墙文学之父",戏称"落难公子"张贤亮为"大墙文学之叔"。但有时又觉得这称呼对他俩真是恰如其分。

于是,我敢说,我和勇敢的维熙才是神交。

可是我与他见面的机会并不多,我们很像两辆反方向行驶的列车,常常只是一错而过和一闪而过。但为什么这么一闪一闪,都能定格在我的记忆里？是不是因为每个记忆里，都充满着他十分强烈的个性细节？比如，八三年在新侨饭店的一个会议上，主办者说是要以我那篇《中国文学需要现代派？》为由头，展开关于现实主义与现代主义的研讨，但谁都知道主办者是想批我一下，可又不好下手时，维熙走上了发言席，开口就说：

"我刚从南方回到北京，就听说大冯他们要倒霉了！"

一句话把主办者潜在的目的亮在桌面上——这便是维熙的脾气。他不喜欢任何东西上盖着一块布，你要是盖一块布，他就非给你揭去不可。全然不给面子。这就使会议的主办者十分尴尬。自然也使我一下子摆脱了困境。想想，这个记忆我怎么可能忘掉？

他总骂我进京时不去"朝拜"他，其实不去见他也没关系，反正他就蹲在电话机里。他的电话号码就是他的生命密码，一拨准通。我打电话多半是心血来潮，忽然想到他时，顺手一拨他的密码，马上与他聊起来；他也是这样找我谈天。传统的串门的方式真是太啰嗦了，没话说也得稍坐一坐，不能说走就走；通电话却是有话则长，无话则短。所以维熙经常是说着说着，忽然说："不行，我还有事！"便把交谈结束。我们之间就这样随便。

惟随随便便才是朋友。

可是太随便就会随心所欲。别以为他模样憨厚，浑身全是圆溜溜的软线条，时不时傻乎乎的一笑，他就是那种宽厚的兄长式的朋友。实际上他又任性又固执，甚至挺霸道。一个电话打过去，他一听是我，便说："不行，我正打牌呢。眼看就和了，你快放下吧！"说着把话筒一放，忙音。他就这么不讲理。我气得骂一句，撂下话筒，可过两天不自觉又拿起话筒，拨通他的号码，没办法！他叫你总会想起他来。

可有一次例外,我故意二十多天没打电话给他。缘故是,他接到我的电话后,忽然大发脾气,说他来天津监狱参观,我明知道却故意不见他。说连监狱局的人都说我有架子。他根本不听我怎么说,怒气很大,急风暴雨地向我压来;只听见话筒里呼呼直响,好像对方话筒前站着一头疯牛。最后他一句决然似的话扔过来:"我放电话了!"便"啪"地把话筒摔了。我知道这时再把电话打过去,仍是这个结果。这个人,你和他交朋友可以交上一辈子,但你要是真的跟他掰了,就会一刀两断。他只会走直道,不会拐弯,发起火来就更是如此。也许正因为这样,他认准的道理,才决不会退让。他憎恨的事物,也决不会去妥协。和这样的人交朋友是可靠的。丢掉了他才是人生的一种损失!

尽管如此,我还是不能马上去解释,否则只能适得其反。

直等了二十多天后,我感觉,他那里已然风平浪静,便打电话过去。他一问:"谁?"我便带着玩笑说:"大冯这里向维熙鞠躬赔不是了。"此后,是稍稍的一停顿。我说不好在这极短的停顿里发生了哪些变化,那个误会是怎样消失的。跟着就听到他那熟悉的宽和的嘿嘿的笑,同时说:"你这家伙!"

他这声音里,还有一种不好意思的感觉——显然他为自己一时的鲁直也生出过一些悔意。这使我很感动。这因为,他一样把我们长达二十多年的交情看得很重,不是随手可以抛掉的。

我便说了几句:"你也不多动动脑子,你和小兰来天津,我去看看你费什么劲?如果真有人告诉我你来了,我怎么可能不去看你们?"

说到这里,我忽觉得连这几句话都是多余的了。

友情是个很大的容器,可以放进去很多东西。

何况,维熙已经拐过弯来了。他拐过来就会在这条道上直着走下去,决不轻易回头。是呵,他不再回到那条"错误路线"上去了。

2000.2.21

七夕·摩喝乐·仲爷

七夕那几天,我说不宜将"七夕"称作"中国情人节",其原因是中国传统节日的主题与西方不同。西方的节日主题多为单一的,情人节就是情人们表达彼此的爱慕,母亲节就是感谢母亲的生养之恩和祝福母亲。中国传统节日却是多重的,比如清明,既有怀念先人与亡故亲友的传统,也是游春赏春迎春的内容;再比如七夕,既是对白头偕老、终生不渝爱情的尊崇,也要显示女性心灵手巧和贤惠聪颖;还有,古代的家族社会十分看重子孙传衍,同时在农耕时代,由于人工劳力之必需,女人生子更是头等大事。人们生育求子的愿望就加入到七夕的节日风俗中来。

说到七夕求子,就要提到宋元时期的摩喝乐了。摩喝乐是一种陶土塑制的化生孩儿的偶像。化生就是变化滋生。从本意上说,摩喝乐是一种生育的崇拜物,一种求子的象征。每到七夕,已婚的牛郎织女在天上相会,这正是人间表达祈求天助、实现求子愿望的最相宜的时刻。摩喝乐便成了人们七夕风俗的主角。

开始——也就是唐代,人们把化生孩儿刻画在泥饼上供奉,或者制成蜡孩儿,放在水面漂浮为戏,希望天降吉祥,妇女怀孕得子。到了宋代,这一风俗愈加兴盛起来。人们开始用陶土精工细制立体的摩喝乐了。七夕这天,富裕人家都在中庭摆上雕制的楼阁,饰金装彩,把摩喝乐放置其间,表示崇敬;普通百姓也纷纷到街市购买摩喝乐,放在家中虔诚供奉。宋代很多风俗典籍如《东京梦华录》《武林旧事》《梦粱录》乃至一些诗文小说,都有生动和有趣的描写。由于摩喝乐广受民间喜爱,内容渐渐扩展,由传统的化生孩儿,到神佛偶像,世俗人物,奇花异兽,社会风情,应有尽有。然而,这种内涵的泛化,是否导致这一风俗渐渐走向消解?反正到了明清时期,民间求子和生育的崇拜,基本上都转移到山神娘娘(碧霞元君)、海神娘娘(妈祖)和送子观音身上去了。

这样,这些古老又优美的摩喝乐在人间便渐渐消失。它体积小,多为陶土,不易久藏,故传世极少。民国年间东渡日本的我国学者傅芸子在奈良兴福寺见过一件,曾视为珍奇。此外我们从哪里还能找到它的痕迹?

近些年随着各地基建动工,摩喝乐偶有发现,然而每次发现都叫人们大开眼界,见识到这种千百年前民间雕塑之精巧,这之中也有几件被文物专家定为国宝。

令我惊喜的是,一天我身边一位酷爱古物收藏的年轻人董达峰居然捧来一大批摩喝乐。其数量之大,品相之好,做工之美,内涵之广,令我震惊。这位小董先生属于那种从爱好进入收藏的,其实从爱好比从盈利走进收藏会走得更远更深,他连与此相关的史料书籍也一概收罗起来,有的书我也没读过;正因为这样,他才会收集和聚敛到如此一大批多彩多姿的摩喝乐。这是一宗重要的文化财富。不仅实物天下少见,还由于它关系到七夕的风俗的内涵与流变,于我国风俗史的研究是颇具价值的。

小董年轻,需要有人帮助,我便请来仲爷——这是天津人对地方文化大家张仲先生的尊称——对这批藏品进行分类、断代、识别,搞清之后继而做整体研究。摩喝乐是学术的冷门,有几个人研究过摩喝乐呀!若要研究摩喝乐,需要博知广闻,以及扎实的民俗学的功底。在我的视野中,这种事惟仲爷拿得起来。于是邀来仲爷一看原物,他便神采飞扬,满口答应,好像送他一件大礼。

此后多半年后的一天,他对我说已全部整理好,我说我要在学院里做一个民间雕塑博物馆,便说待博物馆建好,将这批摩喝乐展示出来时,就把您这次对摩喝乐学术整理的成果印一本书。

然而我的事情头绪太多,常常彼此交错,但这一错竟错过仲爷!待近日动手来建民间雕塑博物馆,仲爷已去了两年。一天,在馆内陈列小董这些摩喝乐珍藏时,小董拿来当年仲爷写的手稿。这份手稿初次见到,认真读来,确实颇见功力。他的文章中对摩喝乐的由来,即从佛教的天龙八部的"摩睺罗"到观音的变相再到唐宋化生孩儿的源流嬗变的梳理,令人信服。他还认为,摩喝乐的"求子"理想,到了明清以后直接传衍的线索是天津天后宫的"娃娃哥哥",并认为所有年画的娃娃戏(娃娃样)都与摩喝乐有着延绵未绝的文化的血缘。这对我们研究民间年画娃娃戏的精神内涵深具启示的意义。

使我震动的是,此文文尾仲爷还写了几句话,竟是写给我的!这几句话是"骥才:四十年前的今天,是我一家人遭受厄运的日子。我当时七十多岁的老娘,遭受到'红卫兵'的毒打,但她始终不屈服,所幸无大损伤。今晚我心里十分难过,但终于写完。谢谢。八月二十九日雨夜"。

这使我感慨万端。我想到在他完成此文之时,正是夜雨淅淅沥沥,他感物伤时,想起了悲惨的往事和早已过世的母亲,那一夜他内心一定深切的痛楚。如果他当时打个电话与我说说,我会好好宽慰他。这使我强烈地想念这位再不会回到世上的好友！同时我又想到，那一代知识分子不管生活遭遇怎样，却仍孜孜以求地致力于他钟爱的事业。因为他受益这些美好的文化，民族不能丢掉自己的文化，他不会放弃它们，并全力为此工作。

一件件宋人精美的摩喝乐，历经千年，今天之所以还能立在我们面前，一是它的创造者，一是它的守护者和传承者。

我说过仲爷这样的人去了，他身后出现的空白是一时无法填补的。可是，这空白不能总空着，它呼唤着后世挚爱自己的文化并甘愿为它奉献的年轻人呵。

2010.8.22

我和老友张仲都钟情于文庙东箭道这券门上的砖雕《三星高照》。

风景里的山峰

——悼李景峰

也许很多人不知道李景峰这个名字,是的,他只是一位普普通通的编辑。但他在我心里却沉甸甸的,很有分量。

差不多三十年前,当我和我的合作者李定兴先生把长篇小说《义和拳》的手稿寄到人民文学出版社后,心中忐忑不安。那时我们都三十岁出头,甭说长篇,短篇也没写过,稿子在手里还有点自责,一寄出心里就没根了。忽然一天胡同口电话亭的大娘喊我接长途电话,只听电话里自报家门地说:"我是人民文学出版社的编辑李景峰,风景的景,山峰的峰。你们的稿子我们看过了。过两天我陪我们社的总编辑韦君宜去天津找你们谈谈。等我们吧!"

他的名字我马上记住了:风景里的山峰。他的声音清晰又明亮,似乎还有点东北口音。哪里知道这竟然是陌生的文坛对我发出的第一声召唤。

刚刚把脚伸入文学的我是怯生生的。我是被出版社留在北京朝内大街166号四楼上长达一年的修改作品期间,才懂得种种改稿的符号的。在那个没有电脑和复印机的时代,连怎样用剪刀和糨糊来剪接文稿,都是李景峰教给我的。他是我第一个责编。

然而,那时代的责编与作者是一种极特殊的关系。他要一遍遍地与我讨论小说的人物、写法、细节,乃至某一个具体的用词。如果他不满意,便撇着嘴说我"偷懒",如果他满意——特别是分外高兴时,一定会说"你这家伙还真有悟性!"我能从这话声里听得出他很欣赏我,但仅此而已,他从来没太明显地赞扬过我。说老实话,我上学时并不太认真,错别字常常会从笔尖冒出来,只要露出一个,准叫景峰抓住。他毕业于吉林大学,语文功底好,三十多岁就担任国家文学出版社小说组的副组长了。他发现错别字的能耐像高明的警察在车站的人群里发现小偷那样,伸手一抓一个。我至今收藏着他送给我的那本《现代汉语词典》。那本词典是1973年出版的,早叫我翻烂甚至缺页了。景峰用这本辞典纠正了我不少错别字。

记得他那时挺年轻,比我大三四岁。常常在一起说笑,其实他更多时间是笑嘻嘻地听任我海阔天空,他本人不善言谈,但对人却很用心。我那时家境不好,地震时受难很重,正寄居在友人家。住在出版社改稿时大多时候只能买价钱便宜的素炒白菜或菠菜。他隔些时候就会在下班时,叫我去他家包饺子。我知道他是想给我开开荤。那时候,吃饺子是生活的一个小小的奢侈。他住在红星胡同出版社的职工宿舍,一排排平房,门儿临院,里外两小间,从院里一步迈进屋,再一步就进了里屋。记得他每次拌馅倒香油时,最后都要再倒上一点香油。然后用食指一抹瓶口的残油,抹在自己嘴唇上,吧唧两下嘴,笑嘻嘻地说这么一句:"真香,馋馋大冯这个馋猫。"那种温馨之情叫我至今还能感到。后来,总编辑韦君宜特意批给我每月15元的伙食补助,也全是他悄悄"努力"的结果。

然而,他从不向我"表功"。其实真正被人记住的都不是自己表白出来的。在我们的处女作刚刚印出来时,他手拿着那上下两本散着油墨香味的新书跑到四楼上送给我,嘴里说道:"真不舍得给你呀。"他说的是笑话,我却觉得这本书确确实实也是他的。他为这部书付出多少心血,但书上并没有他的名字呀。

那时,我有点歉疚,有点窘。人家和你一起推动一辆车,等车启程了,你乘车走了,人家却在原地站着。

记得一次,他父亲重病,要赶夜车回东北,我送他去车站,车子误点误了很久,待他坐上了车,我再回到出版社时已经午夜三点。出版社锁了门。我坐在门口矮墙上一直等到天亮。后来景峰知道此事,问我那天夜里在大街上是怎么度过的。我怕他自责,便笑道,我第一次知道一个大城市是如何从夜里一点点醒来的。我绘声绘色地讲下夜班的人怎么走路和骑车,上早班的人怎么在清凉的空气里咳嗽,最早的炸油饼的味道如何"有个尖儿"直往鼻孔里钻,以及第一辆无轨车的声音……他听着笑了。可是过了两年一次聊天聊到赶夜车时,他却忽然说:"我叫大冯在大街上冻了一夜。"这才知道,他一直还在为那件他"毫无责任"的事暗暗自责。

他不仅是《义和拳》的责编。还是我独立完成的另一部长篇小说《神灯》、第一部中篇小说《铺花的歧路》和第一篇短篇小说的《雕花烟斗》的责编。这些小说的背后全都有一个故事。这些故事我记得清清楚楚。他一直支持着我奔入伤痕文学的大潮。然后我们好像各自东西,我忙我的文学、绘画和文化保护,他依旧干着自己的老本行——结识一位又一位新作者、改稿、编书,直到把书出版。我只是偶尔与他通一个电话。

随着时间的推移,给他的电话少了,有时间隔的时间会长达数月或半年。一次,他接到我的电话忽然说:"大作家居然还记得我!"这使我一阵慌张。我忙着解释和致歉,正当我感觉愈解释愈无力时,他却笑道:"解释什么,你要不记着我还会来电话吗?"这使我深深感受到他对我挺在乎,在乎是一种情感上的需要,这需要牵着日渐遥远的那些有情有义的往事。那么为什么他从来不打电话给我呢?连他后来生病以至突然辞世而去都是别人告诉我的。

直到他去世后,他的爱妻刘蕴洁才对我说,他不愿意像那次——我跑到北京的协和医院去看他。他不叫妻子再把病情透露给我,怕我着急、分心、影响工作。但直到生命最后的一些日子,还叫妻子去书店看看有没有我的新书……

他把三十年前的那份友情一直坚持到最后。他这种方式缘自一种性格,一种情义,也是那个时代编辑对作者特有的一种爱惜之情。这种感情帮助过多少作家的成长,这种感情今后还会有吗?

不知为什么,当我想到这种情义与性格时,会自然地想到他最初用带着东北口音自我介绍时说的那句话:

"风景的景,山峰的峰。"

是呵。他是我人生风景中永远的一座山峰。

2007.3.23

爱在文章外

——记孙犁与方纪一次见面

一

外地通晓些文坛事情的人,见到我这副标题便会感到奇怪:孙犁与方纪都是天津的老作家,同居一地,相见何难,还需要以文为记吗?岂非小题大做?

这话说来令人凄然。经历十年磨难,文坛的老作家尚有几位健壮如前者?孙犁已然年近古稀,体弱力衰,绝少参加社会活动,过着深居简出、贪闲求静、以花草为伴的老人生活,偶尔写一写他那精熟练达的短文和小诗;方纪落得右边半身瘫痪,语言行动都很困难,日常穿衣、执物、挂杖,乃至他仍不肯丢弃的嗜好——书法,皆以左手为之。这便是一位以清新隽永的文字长久轻拨人们心弦,一位曾以华丽而澎湃的才情撞开读者心扉的两位老作家的现况。虽然他们之间只隔着十几条街,若要一见,并不比分居异地的两个健康朋友相会来得容易。他们是青年时代的挚友,至今感情仍互相紧紧拴结着,却只能从来来往往的客人们嘴里探询对方的消息。以对方尚且安康为快,以对方一时病困为忧。在这忧乐之间,含着多少深情?

二

方纪现在一句话至多能说五六个字,而且是一字一字地说。一天,他忽冲动地叫着:

"看、孙、犁!"

方纪是个艺术气质很浓的人。往往又纵情任性。感情叫他做什么,他就做什么。看来他非去不可了。

他约我转天下午同去。第二天我们乘一辆小车去了。汽车停在孙犁住所对面的小街口,我们必须穿过大街。方纪右脚迈步很困难,每一步都是右脚向前先画半个圈儿,落到半尺前的地方停稳,再把身子往前挪动一下。他就这样艰难地走着,一边自言自语、仿佛鼓励自己似的说:

"走、走、走!好、好、好!"

他还笑着,笑得挺快活,因为他马上就要来到常常思念的老朋友的家了。他那一发感触便低垂下来的八字眉,此刻就像受惊的燕子的翅翼,一拍一拍,我知道,这是他心中流淌的诗人易激动的热血又沸腾起来之故。

孙犁住在一个大杂院里,有许多人家。房子却很好,原先是个气派很足的、阔绰的宅子。正房间很大,有露台,有回廊,院子中间还有座小土山,上边杂树横斜,摆布一些奇形怪状的山石,山顶有座式样浑朴的茅草亭。由于日久年长,无人料理,房舍院落日渐荒芜破旧,小山成了土堆,亭子也早已倒掉而废弃一旁。大地震后,院中人家挖取小山的土筑盖防震小屋,这院子益发显得凌乱和败落不堪。那剩下半截的、掏了许多洞的小土山完全是多余的了,成为只待人们清理的一堆废墟。

我搀扶方纪绕过几座防震屋,忽见小土山后边、高高的露台上、一片葱葱的绿色中,站起一个瘦长的老人。头戴顶小檐的旧草帽,白衬衣外套着一件灰粗布坎肩,手拄着一根细溜溜的黄色手杖。面容清癯,松形鹤骨,宛如一位匿居山林的隐士。这正是孙犁。他见我们便拄着手杖迎下来,并笑呵呵地说:

"我听说你们来,两点钟就坐在这里等着了。"

我看看手腕上的表,已经三点半了。年近七十的老人期待他的朋友,在露台的石头台阶上坐等了一个多小时呵……

三

孙犁的房间像他的人。沉静、高洁,没有一点尘污。除去一排书柜和桌椅之外,很少饰物,这又像他的文章,水晶般的透亮,明快,自然,从无雕饰和凿痕。即使代人写序,也直抒心意,毫不客套。他只在书架上摆了一个圆形的小瓷缸,里边用清水泡了几十颗南京雨花台的石子。石子上的花纹甚是奇异,有的如炫目的烟火,有的如迷人的晚霞,有的如缩小了的画家的调色板。这些石子沉在水里,颜色愈加艳美,颗颗都很动人。使我不禁想起他的文章,于纯净透明、清澈见底的感情中,是一个个奇丽、别致、生意盈盈的文字。

孙犁让方纪坐在一张稳当的大藤椅上,给方纪倒水、拿糖,并把烟卷插在方纪的嘴角上,划火点着。两人好似昨天刚刚见过,随随便便东一句西一句扯起来,偶然间沉默片刻也不觉尴尬。有人说孙犁性情孤僻,不苟言笑,那恐怕是孙犁的崇敬者见到孙犁时过于拘谨而感受到的,这种自我感觉往往是一种错觉。其实孙犁颇健谈,语夹诙谐,亦多见地。今天的话大多都是孙犁说的。是不是因为他的朋友说话困难?而他今天话里,很少往日爱谈的文学和书,多是一般生活琐事、麻烦、趣闻。他埋怨每天来访者不绝,难于应酬,由于他无处躲避,任何来访者一推门就能把他找到。他说这叫"瓮中捉鳖"。然后他从抽屉里拿出一个小木牌,上面写着"现在休息"四个字。他说:"我原想用这小牌挡挡来客,但它只在门外挂了一上午,没有挡住来客,却把一个亲戚挡回去了。这亲戚住得很远,难得来一次,谁知他正巧赶上这牌子,这一下,他再也不来了!"说着他摇着头,无可奈何地笑了。逗得我们也都笑起来。

随后,他又同方纪扯起天津解放时刚入城的情景。那时街上很乱。他俩都是三十多岁,满不在乎,骑着车在大街上跑。一个敌人的散兵朝他们背后放了一枪,险些遭暗算。他俩身上也带着枪,忙掏出来回敬两下,也不知那散兵跑到哪里去了。"我们都是文人,哪里会放枪?这事你还记得吗?老方?"孙犁问。

"记得,记得,好、险、呀!"方纪一字一句地说。两人便一阵开心的哈哈大笑。

真险呢!但这早已是过去的事了。谈起往事是开心的,还是为了开心才谈起那些往事?此刻他俩好像又回到那活泼快乐、无忧无虑、生龙活虎的青年时代。

那时,他俩曾在冀中平原红高粱夹峙的村道上骑车竞驰;在乡间驻地的豆棚瓜架下,一个操琴,一个唱戏;在一条炕上高谈阔论后抵足而眠;一起办报,并各自伏在案上不知疲倦地写出一篇又一篇打动读者的文章……

精力、活力、体力,你们为什么都从这两个可爱的老人身上跑走了呢?谁能把你们找回来,还给他们,使他们接着写出《铁木后传》《风云续记》,写出一个个新的、活生生的、连续下来的《不连续的故事》,他们还要一个重返白洋淀,一个再下三峡,用他们珠玑般的文字,娓娓动听地向我们诉说那里今日的风情与景象……

四

坐了一个多小时,我担心两位老人都累了,便搀扶方纪起身告别。走出屋子,孙犁喂养的一只小黄鸟叫得正欢,一盆长得出奇高大、油亮浓绿的米兰,花儿盛开,散着浓浓的幽香。

孙犁说:"你们从东面这条道儿走吧,这边道儿平些。我在前面给你们探路。"说着他就戴上草帽,拿起手杖走到前面去了。

我帮着方纪挪动他瘫软了的半边身子,一点点前移。孙犁就在前面几步远的地方,用手杖的尖头把地上的小石块一个个拨开。他担心这些碎石块成为朋友行动的障碍。他做得认真而细心,哪怕一个栗子大小的石子,也"嗒"的一声拨到小径旁的乱草丛里去……

这情景真把我打动了,眼睛不觉潮湿了,还有什么比爱、比真诚、比善良的情感更动人么?这两个文坛上久负盛名的老人,尽管他们的个性不同,文章风格迥然殊别,几十年来却保持着忠诚的友情。世事多磨,饱经风霜,而他们依然怀着一颗孩童般纯真的心体贴着对方,一切仿佛都出自天然……此刻,庭院里只响着方纪的鞋底一下下费力地摩擦地面的声音,并伴随着孙犁的手杖把小石块一个个拨出小径的清脆的"嗒嗒"声。在这两种奇特声音的交

合中,我一下子悟到他们的文章为什么那么深挚动人。不禁想起一位不出名诗人的两句诗:

> 爱在文章外,
> 便在文章中。

无意间,我找到了打开真正的文学殿堂的一把金钥匙。

1981.11

在摩耶精舍看明白了张大千

摩耶精舍是张大千先生平生最后一个故居,拜谒摩耶精舍是我赴台间的一个心愿。这心愿缘自遥远的少年习画的时代。

那时,悬挂在我桌案对面的大镜框里就镶着大千先生一幅写意山水,是上世纪四十年代父亲托人从颐和园买来的,据说当时大千先生住在那怡人的湖光山色之中,一边养性一边作画。父亲共买了两幅,都是五尺中堂大画;一幅浅绛,一幅水墨。浅绛那幅花青用得极美,蓝如蓝天一般清澈;水墨这幅更好,消融在水中透明的墨色好似流动着,一如梦幻。这两幅画我换着挂,过一阵子换一换,挂这幅时把那幅放在后边。"文革"时便被"革命小将们"一起扔到院子,扯烂烧掉。

画没了,可画的感受却牢牢驻在我心里。此番来看大千先生的故居是为了重温那两幅失不再来的画吗?绝不仅仅如此。我是想看到他所有画作之外却至关重要的东西,想进一步认识他,可是我能看到这种东西吗?

摩耶精舍在台北的正北面,毗邻台北的"故宫博物院",面朝着一条从山林深处潺潺而来的溪水。一边是精深儒雅的人文,一边是天然的山水;大千先生在上个世纪七十年代末(1978)自美国迁返台湾定居时,买下了这块土地。这天下少有的富于灵气的地方是被他看出来的,还是悟到的?此前这里可是个废弃的养鹿场呵。

大千先生是少有的活着时候就能享受到自己创造成果的画家。这样的人还有毕加索和罗丹。不像梵·高终生扛着自己的艺术追求如负苦役,死后却叫数不尽的精明人拿他的画发财。但大千先生会怎样使用他的钱财?像个豪绅那样炫富和铺张吗?

当然不是。

大千先生的故居貌不惊人。一座朴素的门楼静静地立在一条弯弯曲曲上坡的小道边,倘若门楣上不是悬挂着台静农题写的"摩耶精舍"的墨漆木匾,谁知这是一代大师的故居?从墙头上生出的鲜红又秀气的爆竹花,一束束闪闪烁烁悬垂下来,看上去只像是一个喜好野趣的人家。

摩耶精舍是大千先生为自己"创作"的作品。他把一座别出心裁的宽敞又松散的双层的楼式四合院放在这块土地的中间。前后花园,中间也有花园。前园很小,植松栽竹,引溪为池,大小锦鲤游戏其间;房子中间还有小园,立石栽花,曲廊环绕,可边走边赏。台湾多奇花异卉,外地人大多叫不上名字;至于后园与前边的园子就大不一样了。来到这里,视野与襟怀都好像突然敞开,满园绿色似与外边的山林相连。据说这后园本无外墙,由于溪谷就在跟前,每有大雨,溪水迅猛,常常涌至屋前,故而修筑一道围墙,很矮,只为防水,不叫它妨碍视线;大千先生还在园中高处搭了两座小亭,以原木为柱,棕榈叶做顶,得以坐观山色溪光晨晖暮霭林木飞鸟是也。

大千先生说:"凡我眼见,皆我所有。"

这后园一定是大千先生心灵徜徉之地。在园林的营造上,大千先生一任天然，稍加修整而已，好似他的泼墨山水。园内的地面依从天然高低，开辟小径蜿蜒其间；草木全凭野生野长，只选取少许怪木奇花栽种其中；水池则利用地上原有的石坑，凿沟渠引山泉注入其内。大千先生的母亲曾嘱咐他，不要抬头望月，大千先生便常借这水池中的月影来观月赏月，故取名影娥池。娥，乃姣好的嫦娥。

院中有一长条木椅，式样奇特，靠背球样地隆起，背靠上去很是舒服，尤其是老年人；这是大千先生四川老家独有的一种椅式。他每作画时间长，辄必背部酸疼，便来院中坐在这椅子上，一边歇背一边赏树观山，吸纳天地之气。

悉心琢磨，大千先生这后花园构思真是极妙。院外是一片自然的天地，矮矮的围墙不去截断自然，园内园外大气贯通，合为一体。那么房子里边呢？也一样融入了这天地的生气与自然的野趣。里里外外到处陈放他喜好的怪木奇石；一排挂在墙上的手杖，没一根是镶玉包金、安装龙头豹首的名牌拐杖。全是山间的老枝、古藤、长荆、修竹，根根都带着大自然生命的情致和美感。这美与情致到了他的画上，一定就是好山水了。

大千先生的画室也是我感兴趣的地方。

大千先生的故居是在他去世（1983）后，由他的家人不动分毫地捐献出来的，现归台北"故宫博物院"管理。摩耶精舍内的一切都一如既往，家具物什完好如初，纸笔墨砚都放在老地方，好像大千先生有事暂时出门一般。

画室内最惹我注意的是，大千先生画案下有一小木凳，高约二十公分。川人身材偏矮，大千先生每作大画便要踩上这木凳。他住进台北的摩耶精舍已七旬以上，偏偏这时期他多作泼墨泼彩的大画。画室挂着一张照片,上面大千先生双手握着巨笔,站在木凳上泼墨作画,夫人在身后扶着他的腰部。我还注意到,铺在画案的纸上有水的反光与倒影,可见他泼墨画中用水颇多。水多则墨活,也更自然,并且多意外的情景出现。应该说这幅照片泄露出大千先生那些奇妙的泼墨泼彩画的"天机"。

当然,更泄露出大千先生艺术"天机"的还是他的故居。大千先生旅居巴西时的八德园和美国的环荜庵全都是自己设计的,这"叶落归根"的摩耶精舍更倾注他的心血。从中,我们不仅看出他的趣味、审美、修养和性情,还体悟他的自然观、生命观与精神至上。这里是他精神的巢和心灵的床。为建造摩耶精舍,他用了许多钱财,不少奇石是从巴西、日本与美国高价运到台湾地区的。但在这里——财富化为了美。既没有世俗的享乐和物欲的张扬,没有鄙俗的器物与色彩,也没有文化作秀,而是一任自己的性情——对大自然和艺术本身真率的崇拜与神往。这就更使我明白上世纪四十年代初,在中国画坛如日中天、其画作堪比洛阳纸贵的张大千,为什么会忽然远赴大西北那个了无人迹的敦煌;一连两年漫长的时间里,终日在那些破败的洞窟中爬上爬下,给洞窟断代编号,还请来藏族画师协助制作颜料与画布,举着油灯去临摹幽暗的窟壁中的那些被历史忘却了的伟大的艺术遗珍。

现在,我们把敦煌的大千先生与这里的大千先生合在一起,就认识到一位大师的精神之本,也就更深刻地认识到他的艺术之魂。

这里所有钟表的指针被永远固定在他离别的那一刻——1983年4月2日8时15分;他的遗体就葬在后园的梅林中;然而在摩耶精舍无所不见他影响着我们的精神。

这便是故居的意义,艺术家往往把他们真正有价值的东西无形地放在其中,就看我们能不能发现。

在摩耶精舍,我相信,我看明白了张大千。

2011.1

法国人肚子里的中国画家

有人说法国是个艺术的花园,来自异域他乡的画家都会在法国开花结果。最有力的证例便是荷兰的梵·高,美国的夏加尔,意大利的莫第里安及西班牙的毕加索与米罗。这些身在法兰西的"外国人"不仅为自己的国家赢得了荣耀,还成为法国绘画史上的一些出色的篇章。那么来到法国的中国人呢?

中国人就大大地不同了。上述那些"外国人"身上都流着欧罗巴的血。他们与法国在文化上有异也有同,而且往来已久,彼此本不陌生。但是在地球另一半的华夏中国则全然是另一个文化体系。中西文化上非但相异,甚至相反。相反的文化必然会本能地排他。而且由于人们总是不自觉地从自己的视角来判断别人。文化上出现的歧见往往就十分可笑。比如赵无极初到法国时(1948年),诗人米修想把他介绍给一个著名的画廊的主人彼尔。彼尔一听是中国画家,马上摇头说:"我不看中国人的画,中国人的画都是漂亮的,取巧的,靠着丝绢的感觉。"显然他对中国画及中国的绘画史一无所知。他的印象多半来自中国古代的商业画,比如"苏州片子"等。而中国画早在宋代以后就不再用丝绢,而改用纸了。看来这位彼尔连在宣纸上画的中国画都没见过,就对中国画妄加评判。显然他是站在"西方文化中心"的立场来看待东方的。

在这样一个背景下,中国画家在法国若要成功就难了。最实际的问题是必须有人接受他们的艺术。中国画家与西班牙、意大利、荷兰、德国的画家不同。西方画家之间使用的是同一种绘画材料和绘画语言。而东方中国——从绘画材料、表达方式、欣赏角度和审美目的,都与西方完全不同。地道而传统的中国画,在法国人的眼睛里更像是一种工艺品。我们又不可能给他们每个人都换一双眼睛!可更麻烦的是,中国的艺术家最大的梦想是"走向世界",但如果抵达"世界"的最前沿的队伍就深陷泥淖,一筹莫展,那该怎么办?

于是,最早钻进西方人肚子里的中国画家,大都殚精竭虑地做"中西结合"的文章。不管是为了给中国画的创新引进"外援",是为了与国际"接轨",还是屈从于强势文化的"霸权"。反正他们都是改造自己以融入西方。这因为,身在西方的画家与人在本土的画家是截然不同的——在本土便追求本土公众的认同,在西方就必须面对西方的观众。不管自觉还是不自觉。否则无法生存。

在法国,最成功的中国画家是赵无极。但他早期的画也很浅露和生硬,有点笨手笨脚。他常用油画笔在画面上写一些碑文或篆字,用以象征东方。他选择汉字,是因为对于不懂得汉字的西方人来说,这种象形的文字符号具有一种神秘的美感。如今不少跑到欧美去的年轻画家也这么干。看上去,汉字似乎是中国画外销的一种卖点。然而这种画面,对于顽固的西方中心主义者来说,它仍然属于文化的"另类"。另类难以进入主流。所以赵无极渐渐把它抛弃了。

赵无极真正的成功是后期。他将西方的抽象融入了东方的意象。他从中国文化中找到博大、深远和空灵的意象,并让它在西方抽象艺术中无拘无束地发挥。这样,他在东西方两边获得了"双赢"。

他运笔的速度很快,好似中国文人画那样直抒胸臆,又达到大写意画那种一挥而就而意味无穷的效果。他的油色很稀很薄,有透明感,很像中国画的水墨。有时用干涩的笔触表现出一种辛辣与锐劲的气势,叫我们想起宋人大斧劈皴所特有的肌理美。然而,就在中国人从他的画中找到了一种亲切的文化联系的同时,西方人却认定这是属于他们的纯正的文化。这十分难得!在中西文化充满冲突的交界线上,赵无极成功地找到一个立足之地。

应该说,这个立足点已然定位在西方一边。他是站在西方的审美立场上,从自己的文化母体中取出所需的一切。

相比而言,朱德群的立足点就不那么牢靠了。这不仅仅因为他的画过于美丽和浮华,甚至相互重复,千画一面,关键在于他的画背后缺少文化的厚度,缺少大思维和大创造。赵无极说绘画最重要的不是"怎样画",而是画家所执的观念与构思。显然,朱德群还是在"怎样画"这一层面上徘徊得太多。

在法国,对中西文化比较思考得最多的应是熊秉明。熊秉明对中法两方面的文化,都涉猎得又广又深。我从他远离巴黎市区的"乡间别墅"发现:他的"生活区"内更多的是精雅的中华文化,但他工作间里的雕塑作品却纯粹是西方的,抽象的。随后,我就从他用铁条制作的一些半抽象的人形雕塑中看出,这些姿态跳荡的铁条更像中国的书法。也许他太精于书法,在他动手弯曲这些铁条时,不自觉地将书法的顿挫与转折的意味放了进去。熊秉明属于学者型的艺术家。他的艺术感觉极好,同时又有广泛而深厚的学养。他为中国现代文学馆创作的《鲁迅》雕像,原是用纸板随手撕出来，叠贴一起的。这件颇具灵感的创作，却入木三分地表现出鲁迅先生精神的深度。

熊秉明在法半个多世纪，一直没有进入法国艺术家的圈子，而在大学倾力传授中国文化。他用汉语思考，用中文写作。这就是说，他心中的读者仍是中国人。他思考西方文化时，也是站在中华文化的基点上。应该说，在中西文化的交界处，他基本上还是站在中华文化的一边，或者说他是站在中华文化的最前沿的一员。因此，他的比较文化方面的著作最值得我们关注。

陈建中住在巴黎蒙马特山上那幢著名的木楼——"洗衣船"中。这幢公寓式的大房子曾住过毕加索和莫第里安尼。毕加索蓝色时期的名作《少女》就是在这幢房子里画的。但时过境迁之后，"洗衣船"已成了文物，属于国有的"画室"。一些享受巴黎政府支持的画家住在里边。蒙马特山的艺术气氛很浓，画家们来来往往，经常在这一带聚集。但陈建中却独守在他的画室里，日复一日地画着他那种很宁静的图画。他似乎只画两种题材，一种题材是局部受光的风景。他那种被斜射的夕阳照亮的树林十分动人。他使我们看到沉默地伫立着的树林原本是动情的。他还有一种题材是城市中一些最没有意义和微不足道的细节，比如铁栏、窗子、排水管、窗帘、锁、墙、楼梯等。他采用"超自然主义"的写实手法。然而，却十分奇妙地叫我们感到一种神秘感，一种诱惑，一种灵性。

陈建中对我说，他从这些景物里的确看到了一种神秘的东西。他说，不少法国人看过他的画之后，再去留意身边这些最平常的事物，这些无生命的、冰冷的、工业化的东西，果然含有一种美。这种美沉默，安详，寂寞。我却坚信这东西就是他自己。因为画家看中的事物，都带着他自己的气质。我追问他在画中是否有意放进去某些东方的东西,比方东方的观念,东方的角度,东方的审美等。他说他没有刻意这么做。如果非要说画中有什么东方的东西,那便是一种自己身上所固有的东方人的静观态度。

他对自己认识得很"到位"。在中西两种文化之间,他没有进行过太多思辨性的理性的选择,他只是无意表露了自己的文化本性。他作画的缘故是因为他太痴迷于自己神往的那些东西,一种缄默、静穆、内向和神秘的东西。他的画在法国比较容易被接受,大概源于他遵从于人的性情而超越文化的限定。

在巴黎的中国艺术家中,最看不到文化胎记的是雕塑家王克平。八十年代到达巴黎的王克平,立即从布朗·古希的极简主义那里得到解放性的启发。这使他的作品极端地强化生命的本质而删除一切细枝末节。在他的雕塑中,生命的本体是第一位的,头比脸重要,没有手和脚,性的器具被作为生命之源而极大地夸张着。他的人物有姿态,却没有"形体"的概念,因为身体的姿态是一种生命的表情。至于反复出现在头部中心的那个巨大的洞——叫喊的嘴,则是他那些沉默的生命惟一的"话语"。

他使用的材料,一直都是木头。这大概惟有木头原本是有生命的。他说比如树杈,支撑着极大的树冠,在飓风中猛烈摇动而不摧折,生命的力量之大真是不可思议!于是他从木头看到了伟大的生命。当他把这木头中的生命人性化地表现出来时,它一定还会保留木头本身的一些原始的形态,一些原有的木纹、裂纹、疤痕和年轮,因为这些各不相同的自然状态正是他每件作品独有的生命形态。为此,王克平毫不在乎他的木雕出现干裂,因为一切自然现象都是生命现象。当他把这自然生命转化为艺术生命时,需要的第一种天才性质的创造,就是发现。这发现需要悟性,灵感,独特的审美,以及艺术的本质——从无到有。所以,他的作品的一半是发现,一半是制作。制作是为了完成发现。

那一次(1999年11月)我去巴黎,正赶上香榭丽舍大街举办一个街头雕塑展。巴黎市政府为了迎接二十一世纪到来,请了世界上五十名大雕塑家,把作品摆在街头。在那些流行而冰冷的装置性的作品中间,王克平的一组巨型木雕,产生了很大的震撼。那几个怪模怪样的"木头人",在巴黎的街头好像几个重磅的生命炸弹。

王克平是不和市场打交道的,他也从不屈就买方的口味。他甘守寂寞。工作室设在戴高乐机场不远的地方。因为他经常又锤又凿,还得使用声音刺耳的电锯,惟有飞机声咆哮的机场地带,邻人们才不会抱怨这位"大兴土木"的艺术家。他的院子种满茁壮的绿竹,几间工作室都像木工车间。他每天和这些巨大的木头"玩命",很少进城在那些形形色色的艺术圈子里"周旋"。他的工作室里堆满尚未"售出"的作品。但他不急,他说比起画家,雕塑家的成功时间要更长一些。因为雕塑作品数量有限,又不易流通,何况他的作品动不动就是一吨。所以,他活得从容而又自信,因自信而自足。他说现在世界上像他这种实干的人不多了。他说他之所以叫王克平,是因为"王者,克木平生"。

在巴黎惟一绝对"不食人间烟火"的人是范曾。范曾家住埃菲尔铁塔附近。他用FAX传给我的一张地图上,在自己的家的旁边画一个铁塔以标明位置。好像埃菲尔铁塔的价值只是他的一个标志。他客寓巴黎多年,居住的家具全是巴洛克式的西洋货,还摆着不少精美的法国铜雕。但他在这里的所写所画,犹然丝毫不改华夏本色。法国的文化可以进入他的眼睛,但丝毫不可渗入他的笔管。他的书房高悬一匾,自书"关门即深山"。这一句遁世名言,使他看上去如同五台山上与世隔绝的高僧,然而他的后窗外却是站满游人的铁塔的影子。

在整个巴黎外来的艺术家中,惟有范曾是"以不变应万变"的。他拒绝"西餐中吃",或"中餐西吃";他坚持吃西餐画国画,不说法语也不学法语,绝对的国粹主义者。在众人口中,他难免被说是说非。但依我看,这却正是范曾!不管世界变得怎样,他总是惟我中华,惟我范曾。他是中国文化按在巴黎艺术版图上的一个死硬的钉子。要不锈死,要不发光,且看他最终会怎样。

写到此处,我忽想,上述这些钻进法国人肚子里的中国画家们,最终又会怎样呢?还是一人一样?

2001.7

平山郁夫的境界

平山郁夫是我最关注的具有世界性的日本画家。我对艺术家的评价向来十分"苛刻",之所以使用"最关注"的词语,那就绝非指画面对我的吸引了。

尽管平山郁夫、东山魁夷和加山又造都是在当今日本画坛上并驾齐驱的大师,但比起加山又造的华美流畅、奇幻冷寂的装饰风格,比起东山魁夷的宁静隽永、空灵清远的文学境界,平山郁夫则有着更深长的人生况味和哲学思考。

每每翻开平山郁夫的画集,很像读一本哲人的书,必须用大脑咀嚼深藏在画中的那些意味。一幅画,不仅提供欣赏,也提供解读,这画才有更高的价值;画不仅要用眼睛看,还要用脑子看——这些都是东方的绘画观念。对于东方的画家来说,绘画有两个空间,一个是画面本身的空间,一个是画面与欣赏者共同形成的观赏空间。东方的画家更重视后一个空间,他们总把这空间的大部分"空"给你,不仅叫你看到的和他们一样多,也叫你想到的和他们一样多。一个好的画家,站在他每一幅画后边——你听得到他生命的呼吸,看得到他情绪涌动的光和影,触摸得到他灵魂的实体。你的精神穿过画面,一准能找到他。

所以,我在第一次见到平山郁夫时便说:"我已经不止一次见

与日本绘画大师平山郁夫先生见面时的合影

过您了。"

他听了,惊愕地看了我一眼,我也不知道翻译是怎样把我的话译给他的。

这关系并不大。绘画不同于文学,绘画是不需要翻译的。

切莫把平山郁夫笔下的丝绸之路,看做一种异域的风情画,更不要把他看成"丝绸之路的画家"。他曾经数十次沿着这条看似早已死去千百年的东西文化通道走着,视野皆是荒沙腐木、乱石野丘,很难再寻到昔日道路的痕迹。只是偶尔会碰到一个几乎要从地面上失去的古城遗址,这样零落地被历史遗忘在地球上。

然而,平山郁夫很少描绘好山好水,娇花羞草。他喜欢独自沉思在这种具有"历史意义"的大地上。

他说:"历史的长河实在源远流长。人类传宗接代地延续下来了,每个人都在为自己的一生竭力奋斗,一代代繁衍下去。我的生命是双亲给的,双亲之上还有双亲。人的一代按 30 年计算,一直追溯到平安时代是 30 代,计算一下与我的生命有关的该是多少人呢?30 的 30 乘方是 106 亿人,相当于日本目前人口的 10 倍。托世世代代的福,才有我的生命,如果缺少其中一个生命,也就没有今天的我。假如你用这种态度看待人类,那就不分种族和肤色,归根到底,无论是什么文化也决不是突然凭空产生的了。"

于是,他以这份赤诚与虔敬,踏上沟通东方与西方、世界与日本的文明之途。

然而他寻找着什么呢?

你看,昔日的楼兰如今竟如同沙海上的一条即将朽掉了的船;高昌故都几乎蜕变成史前的一堆砂石;波斯黄堂的遗址多么像外星人丢弃在地球上的一盘残棋?伊朗高原,禽鸟亦少,哪里还能寻觅到去之久远的人喧、犬吠、马嘶和驼铃?

平山郁夫默然站在这无人能识的荒寂的古道上。

"我一站在那里,就会感到幻梦似的古代大气在颤动。"他说。

他用足跟敲打地面,询问着这历史大地下埋藏的遥远的"物语";以思索的目光从透明的空气里,识认出流散了的古老的画面;侧耳向山壁上倾听着茫茫岁月的回响……于是,他给我们描绘的画面,一概是静穆、单纯、旷远、模糊,一种漫长的时间感和凝固的历史感,一种人类源头的意象,一种褪了色却依然浓重的远古图景……他的画,从无灵巧的情趣、世间的感触、生活的苦乐,以及来自技术试验的绘画目的。那么他的画是一本本溶解在画面上的历史专著么?也许吧!反正站在他的画前,透过那种闪动的光影、宁静的空气和沉默而如梦的意象,你分明能感到画家在和历史的精灵对话。

谁说历史是堆积着死去的生活?

历史是一条澎湃不已的时间江河,在一代代人精神浪花的淘洗下,终于淘出金子一般人类伟大的灵魂。这灵魂就是人类的文化精神。

找到这精神,才找到艺术生命的根本。

丝绸古道告诉平山郁夫什么?

人类是一个整体。

人类靠交流而生存。

文化是这一真理的结果。丝绸之路是这一真理的见证。

这样,我们再去看他的画——

《日本列岛诞生图》蒸腾上升的元气,《高高照耀的藤原京大殿》夺目而永在的辉煌,《佛教传来》美丽又祥瑞的灵光,《往沙漠去》的艰辛坚忍和《丝绸之路的天空》的浩大顽强……都使我们感到,平山郁夫画中最动人、最深厚、最优美的内涵,是他透过沉重的大地和逝去的时光,找回人类的灵魂。

人类往往在现实中迷失自己,在历史中找回自己。这便是历史的意义,也是他绘画的意义。

我读平山郁夫的自传《在历史的长河中》,被其中一段文字所震动。他是广岛原子弹爆炸的受难者,但战后20年内,他避开各种回到广岛的机会,并一直没有画过广岛核爆炸题材的绘画——这件事之所以打动我,是因为我这个"文革"的受难者,至今也没有动笔写自己亲身经历的那段灾难的历程。不是不想动笔,而是担心自己承受不了。1979年我写过《啊!》之后,病了将近4年。我去过广岛,在"广岛和平纪念资料馆"里目睹过人类这场空前灾难的酷烈景象。我还知道原子射线曾经多年折磨着平山郁夫的身体。我敢肯定,在他心中有着一片永难抹去的核废墟的阴影。对于艺术家来说,内心太深刻的创痛是惧怕表达、也难于表达的……后来,我终于看到他所画的《广岛变生图》。整幅画铺满了漫天大火,下边是正在燃烧的广岛远景。这是多么强烈残酷的图景,任何一个生物放进去,立即就要毁灭!但画面左上角的熊熊火焰中,站立着佛教中的"不动明王"。他横眉怒目,岿然不动,似乎呼叫着受难的人民——活下去!

平山郁夫说,他作这幅画,是因为看到了今日美丽繁华而生机勃勃的广岛,受了感动,心中沉积的苦痛得到升华,是人类顽强不息的生存意志而不是一己悲欢,成了他这幅画的创作冲动的由来。

平山郁夫的境界

我想——是的，这就是平山郁夫。

他苦苦寻求的不正是人类存在的答案吗？这答案曾经在丝绸之路上，在玄奘取经的征途和鉴真东渡的航程中，如今在广岛，也在世界任何一个地方。

谁能发现，谁在寻找，为了谁？

我结识平山郁夫是在东京艺术大学两位教授铃木治平和平松保城的"退官纪念展"上。退官是退休。依照东京艺术大学的规矩，一位教授辛苦一生，告老还乡时，要为他举行庆祝会，同时还为他们举办一次总结性画展。参观者有同行同道，亦有受业多年的弟子们，场面甚是隆重。在庆祝会上，平山郁夫作为院长来讲话，他刚刚接受日本最高的文化奖"天皇文化赏"，却不露喜悦，在会场上端着斟满清酒的方形漆杯，与各位熟悉或陌生的宾客交谈。我初次与他相见，自然先是客气地致意。他说，一会儿要在他的办公室与我谈话。

按照日本国际文化交流基金会的安排，我们会面的时间为20分钟。我不想用空洞的寒暄消耗掉这难得的一见，待走进他又大又空的办公室，坐下来，赠了书和画集，开口便说："我非常关注您在筹集基金，对敦煌进行大规模保护性修缮，能告诉我您为什么这样做吗？"

其实，我已经明白他的想法。但我还要听他亲口说。为了一种印证，也为了再认识。

我的问题似乎正问到他的兴奋点上。他几乎是接着我的话开口便滔滔不绝："人类历史上创造了三种文化：一是希腊罗马文化，距今已有两千五百年，它是后来欧洲文明的源泉。二是中国文化,汉代文化距今就有两千多年,唐代又融合了域外文化,建立了自己的文化体系。日本就是受了中国汉唐文化的影响,才创造出自己的文化。这两种是固定的文化。还有一种文化是移动的文化,处在东西方之间,同时接受着东西方两种文化,这便是中东的文化。今天的世界就是来源或依靠着这三种文化。这三种文化构成了人类文明的基础,但是……"他的声调忽然坠落下来,"本世纪的战争对这些文化不断地破坏。人类缺乏'人类的精神',自相残害。我是原子弹受害者,原子弹爆炸时,我离爆炸中心2.5公里,侥幸活命,却害了10年的原子病。我亲身经历那场巨大灾难,一直担心整个人类会被原子弹毁灭。人们害怕原子弹。如果万一有一个政府控制不好,动用了原子弹,地球不就毁灭了,人类不也就毁灭了吗?……"

"人类到了自我拯救的时代。否则将来的人会认为我们这一代人愚蠢。因为他们的祖先差点使人类绝种。"我说。

我的观点与他的观点重合了。他兴奋地扬了扬眉毛,本来发红的面孔颜色更重。可是他的神情很快又落入忧虑重重中。他说:"我们不仅为明天担忧,还要从今天做起,我正筹建一个组织,叫做'人类文化遗产基金会'。"

"这是怎样一个组织?"我插话问。我头一次听到这名称,但一听就充满兴趣。因为我对"文化的人类性"这一命题早就开始关注了。

"这是一种文化的红十字会机构。就是要在世界范围内,对被破坏或正在损坏的重大文化遗产进行保护。我到各国去,到处发表演说,劝他们的政府出资保护这些属于全人类的文化遗产。我这个机构还要在世界各地包括在日本募集资金,来做这些事。

我要做的头三件事是：第一，把中国的敦煌保护起来；第二，支持柬埔寨修复被破坏的吴哥古庙；第三，帮助修缮海湾战争中被美国飞机炸坏的中东文化古迹……这些都是人类共有的财富，地球人类是一个整体，这些文化是全人类的光荣。我要这样一件一件做下去……"他说话时像在发誓。

我被他的精神点燃起来，全身发烫。我说：

"我们不仅要站在今天看过去，还要站在明天看现在。现在您做的这些事，都是为了明天做的。保护历史是最好地面对未来。人活着最有意义的事就是为了后代。"

这个话题包含得太多，说起来便无尽无休。听着他开展抢救"人类文化遗产"的宏大构想，目光无意碰到他远远的大书案上摆着的一个很小的地球仪。刚才还不明白这个办公室里为什么空荡荡，只有这个小小的地球模型。现在才懂得地球在他心里是怎样的沉重。

世上最沉重的是责任。责任是无法摒弃又是最累人的。最大的责任是把人类的事自动地扛在自己的肩上。这人类的责任从不托付给任何人，只有那些富于良知又博大的人引为己任。

这样的艺术家才称得上人类的艺术家。

他的秘书已是第三次催促，又有拜访者在门外等候多时。我们的话题好像是时间的加速器，不知不觉已经超过约会时间的两倍。我是怀着深深的感动与他告别的。只有深刻的理解才可能有深刻的感动。

自此后，再见他的画，与先前的感受更有不同。境界似乎更加阔大，意涵也愈加深远了。我想他之所以这样深挚地关怀着人类的文化，是因为他爱恋和坚信蕴藏在这文化中宝贵的人类的精神。这精神使人类从无到有,从荒芜到繁荣,从无数苦痛与危难中穿过而一直走到今天。人类要永存不灭,便要抓住这精神,反复温习,激励自己。也许为此,他才对唐僧玄奘西天取经的事迹抱有那么强烈的兴趣,并要把它画在奈良药师寺三藏院的墙壁上。

为此我也曾往奈良的药师寺拜观于1991年新建的玄奘三藏院。面对着这优美庄重、青瓦朱柱的重檐八角堂,我想,三藏取经的那条艰辛的路,不就是平山郁夫几十次反反复复、断断续续走过的丝绸古道吗?探求人生真谛的路从来是这样漫长寂寞的,谁与他为伴?

他说:"我并不是只去画玄奘三藏一个人的故事。我肯定玄奘是在其坚忍不拔的意志和使命感的支配下,才完成他的征程……我本人曾几十次去试探着走那条路,总好像有一股无形的力量支持着我。所以我要把玄奘三藏的事迹传播下去。"

这幅长达二十余米巨型的壁画《大唐西域记》,他计划要在1999年12月31日晚11时59分——本世纪内完成。他要以这庄严的行为把人类的精神贯穿到世纪的终了。

他是为了表示本世纪人类将把这精神坚持到底,还是要启示下世纪的人们接过这人类的精神火炬辉煌地走下去?他是个现实主义者,还是个理想主义者?

去年8月,我从新华社的消息中得知平山郁夫先生到达敦煌,开始了历史上第一次对这光华灿烂的人类艺术宝库进行大规模的修缮。他实践着自己的理想。

理想是一种伟大的精神,更伟大的则是实践这理想的行动。

我将更关注这个画家的作品,以及他背负着人类使命而迈出的每一步。

首发于 1995 年第 1 期《中外文化交流》

对一位背对市场艺术家的精神探访

我一直为"面对艺术背对市场"的主张寻找一位纯粹的奉行者,后来在奥地利的画坛找到了,他便是抽象主义绘画大师马克斯·魏勒。但找到他时,他已经死去。为此,我与他夫人伊雯·魏勒做过两次长谈,通过画家平生真正的知音——魏勒夫人的口述,记述了这位把整个生命融在调色板上而不去旁顾市场一眼的艺术家的人生故事。然而,我还是心怀遗憾。因为这个人究竟已经不在世上。我理想的人总不能都在天堂。

但这一次却补偿了我。魏勒夫人请我去看刚刚开幕的"马克斯·魏勒绘画展",展览在大名鼎鼎的维也纳现代艺术博物馆。据说这个展览分阶段地展示马克斯·魏勒全部的艺术历程。对于一位真正的艺术家来说,作品就是他本人,或者更能见证他精神的求索。因此,我把观看他此次画展作为对他的一种精神的探访——这便使我结束了对赫尔辛基访问的转天就搭飞机急匆匆赶往维也纳。

使我意外感兴趣的是魏勒夫人邀请这个画展的策展人、原现代艺术博物馆馆长柯普先生陪同我观看展览。我知道,柯普是一位颇具思想力度的艺术批评家。我读过2005年他为在中国北京等地举办"奥地利新抽象绘画展"而出版的画集写的前言。那篇文章几乎是他铁杆地支持抽象绘画的一纸宣言。他的脑袋里条理清晰地装着完整的欧洲抽象画史。和他一起看画展,一定会使我另有收获。

柯普先生在介绍举办这次画展的初衷时,一开口就像抽象画家的律师,他强调上个世纪以来,随着传统的具象绘画的两大功能——记录与阐释已被现代科技包括照相术与媒体传播所替代,画家不可避免要重新确认绘画的本质,也必然会在传统的具象之外去寻找新的空间;于是,应运而生的抽象艺术使绘画"死而复生"并充满潜能。马克斯·魏勒正是身处在这个时代绘画何去何从之中的人物。在柯普看来,魏勒要不在具象中默默死去,要不在抽象中获得新生;这个展览正是想叫人们去看魏勒究竟怎样在抽象艺术中创造出自己来的。

一

策展这个概念必须认真说一说。

由作品研究获得发现性的成果,再将这有认识价值的研究结果还原到作品中,以展览的方式体现出来,这是当代西方艺术博物馆普遍使用的策展方法。

记得曾在慕尼黑的美术馆看过一次关于康定斯基的展览。分了三部分。第一部分是康定斯基出现前的欧洲绘画,第二部分是康定斯基及同时代画家(这中间包括克利和蒙德里安等)的作品,第三部分是康定斯基之后的欧洲绘画。这一展览十分鲜明地突显出康定斯基给欧洲绘画带来什么及其在绘画史上划时代的意义。

这样办展览才是"策展"。"策展"需要思想与艺术的创见,而非低水平的作品陈列。严格地说,我们的美术馆和博物馆还缺乏这种策展人来策展。

此次马克斯·魏勒绘画展的策展同样清晰地体现这样一种深度的意图。它在魏勒各个时期绘画中挑选最具思考与探索意义的作品,有序地展开,使人一目了然地走进他一生曲曲折折却锲而不舍的艺术探求的主线,清楚看到他怎样从一种写实和具象的绘画,经过苦苦的自我磨砺,最终成为一位充满个人魅力的欧洲抽象艺术大师。

柯普先生用"压力"这个词汇,表述魏勒的绘画最初抛开具象而走向抽象的缘由。我问他:你认为,是为崛起于当时欧洲画坛的抽象主义崭新的潮流所迫,还是追求一种艺术时尚,抑或另有原因?柯普说,当时人们并不知道新兴的抽象绘画究竟落到什么结果;比如法国,上世纪前半叶相当一段时间还不被人们认可。但那时西方许多画家都在寻找一种全新的,甚至是国际化的艺术语言。这当然与"二战"之后正在迅速重构并充满社会活力的整个西方世界密切相关。而对于奥地利来说,在分离主义绘画以及克里姆特和席勒之后,画坛沉默着,似乎期待着一些新的夺目的面孔和响亮人物的出现。当然,魏勒不曾想过去担此大任。但是他从忽然来到眼前的抽象绘画中感觉到有一个巨大的空间可以走进去。

然而,新生的抽象绘画是困惑、艰难甚至孤单的。这因为审美习惯是人身上一种相当固执的存在。何况人的视觉认识原本就来自具象,绘画又是最根本的视觉艺术。可以说,人类的绘画一开始就是具象的,几千年没有变过;一直到"疯狂的变形"的毕加索也没离开具象的原点。

更难改变的在画家本人身上。特别是对于那一代由具象转向抽象的画家来说,具象并不是艺术方式,而是一种本能;具象的画家连想象与灵感都是具象的。这也是那一代画家很难从具象蜕变出来而走向抽象的根由。从展厅中魏勒四十年代至六十年代的作品中,可以看到画家尚未突出樊篱时的烦恼、焦灼、横冲直撞与各种不成功的试验。这使我想到晚年的吴冠中,他一直被亦成亦败亦苦亦乐伴随着。然而,划时代的大师正是在这充满压抑的黑暗里带着一片光明走出来。展厅中一件名为《别样风情·锈红山之初稿1962/1963》的特殊的"作品"颇引起我的兴趣。它是新近被研究者发现的。这件"作品"实际是一块溅染了彩墨的小纸片,只有7.3公分×15.5公分大小,但上边奇异的图像却给魏勒以灵感。在这纸片上,可以清楚看到,魏勒用铅笔画了一个长方形的框线,圈出一块更小局部,一下子把纸片上那种奇异的感觉更加突出出来;而在这《别样风情·锈红山之初稿1962/1963》旁还有一幅很大的作品《别样风情·锈红山1963》(96cm×195cm),其画面恰恰是《别样风情·锈红山之初稿1962/1963》中框线内图像的放大和复制。复制得虽然很准确,很像,却不如其所愿,它拘谨又呆板,远不如那块小纸片上的图像自然而灵动。他竟然这样画过他的抽象画吗?这使我从中看到魏勒的抽象绘画曾经陷入过山穷水尽与步履的艰辛。

然而,真正的艺术家都是在漆黑一团的夜空深处发现明星;在那种无休止的不间断的自我折磨中,迟早一天会奇迹般地立地千尺。

七十年代后,魏勒的作品如顶着白雪的山峰,从迷雾的纠缠中显露它的峻拔。魏勒渐渐找到自己的世界。特别是那些大幅乃至巨幅的作品,已使我们感受到他的充分、从容和自由的自我。当然,他仍没有放弃新的探索与新的可能,因为在他这一阶段作品中间,依然夹杂着种种试验与失败。对于一个伟大艺术家来说,失败是终生的伴侣,成功是偶然邂逅的情人。魏勒一生画了七千幅作品,从来没有过重复之作。这表明他的探索性,也证明他没有为市场打工。柯普对我说:"他只把自己想到的东西呈现在画布上。画完就放在一边。他不卖画,甚至很少参加展览。"

这不正是我所寻找的真正"面对艺术背对市场"的艺术家吗?

二

我通过一起观看画展的德文极精的翻译家徐静华女士对魏勒夫人再次敬意。

我深知伊雯·魏勒在魏勒艺术事业上的作用与意义。

她比魏勒年轻三十五岁。早在上世纪六十年代第一次接触魏勒的抽象绘画时就被倾倒。她知道魏勒性格孤独沉默,郁郁寡欢,几乎与世隔绝,终日"生活在自己的眼睛里"。他不善交际,仅有两个好友后来都相继死去。他从不与画商打交道,人们自然对他的画认识自然十分有限。她认为应该有人帮助魏勒,让世人认识他,也就必需通过画展与市场这两个公共的渠道与平台推介他的作品,她自愿承担这个使命。从那时起直到后来与魏勒结为夫妻,他们的方式相当美妙:一个用整个生命去创造艺术,一个以全部精力将这非凡的艺术推到世人眼前。

魏勒夫人不反对说她是他的"经纪人",但她反问经纪人只是为了给画家卖画吗?她说她刚刚认识魏勒时,人们并不了解魏勒,魏勒的画价钱十分有限,但他的画却是绝对一流的。经纪人也是有社会责任的——向社会推介好的艺术。

如今魏勒是奥地利最受敬重的艺术家,市场价格极其昂贵。这就有人会疑惑,这位年轻的懂艺术的夫人是否更想为自己的未来创造财富?

难道世界上所有动机都来自利益?是不是我们的世界观出了问题?

魏勒已去世十年。魏勒夫人依然孜孜不倦以各种方式帮助人们理解魏勒。两年前我在维也纳见到魏勒夫人,她说她打算举办一个别出心裁的魏勒画展,在每一幅魏勒的作品前,摆一件中国的山石小品。她说奥地利有一位藏家收藏了一些极精美的中国古代山石小品。她想把魏勒的画与中国的山石配起来,让人们从展览中找到魏勒的抽象画与中国古代山水画的关系,因为艺术圈内的人都知道魏勒的抽象语言曾经得到过中国山水画——特别是宋代山水的神示。

此次一谈方知,那个别具深意的展览已经在维也纳成功举办过了。现在看到的展览却是为了促使人们进入魏勒世界而设计的另一个入口。

魏勒夫人曾对我说,魏勒每一幅画都在寻找一种新的可能性,都有意想不到的东西出现,而且都很完整。魏勒脑袋里的想法无穷无尽。在她看来,她要为魏勒做的事远没结束。

记得,她曾送我一套海顿作品集。一盒八张,盒子有些旧。她说魏勒最喜欢海顿,在魏勒的葬礼上就放着海顿的音乐,她说"非常的美"。我回来听,是美。但一定不是她感觉的美。那种美是她与魏勒之间特有的气息,是属于艺术与精神的,与市场无关。

三

在展厅中,我与柯普先生交谈的一个话题是魏勒在中国宋代山水画中究竟得到了什么。

宋代山水是具象的,魏勒的绘画是抽象的。抽象怎么汲取具象。依我看,他是把具象的中国宋代山水抽象了,或者说用抽象的思维把宋代山水抽象化,然后升华出他心领神会到的精神元素。是哪些元素呢?出生在奥地利蒂洛尔州的魏勒,连骨子里都浸透着阿尔卑斯山起伏纵横时散发出来的情感与气质。他这种近乎天性的气质与中国山水画成熟期(两宋)那些大师巨匠笔下的高山深谷、重峦叠嶂、树海林莽、云雾烟岚一拍即合。他从宋代山水感悟到的是一种大气、灵动和对大自然的欣赏与敬畏。在他尚未脱开具象绘画的早期,其作品(如《风景如画》1962)甚至还可以清楚对中国山水模写的痕迹,及至八十年代其画作(如《倾盆暴雨1980》)已经找不到中国山水的任何踪影,他所吸收的全化为自己那种清灵又恣意的生命。

我对柯普说,中国山水画可以大致分为两个时期。一是两宋的写实,一是宋代之后的文人写意。其实两宋山水的写实也不同于西方风景的写实,中国的山水画从来都是主观的和理想主义的。在造型上,还有介乎具象与抽象之间的意象。这也是中国画特有的形象观。我认为,它正是抽象画家魏勒能够与之"交接"的缘故之一。能从魏勒的作品看到一些意象的东西吗?如果宋代山水画像英国水彩风景那样写实,恐怕魏勒就会与之毫不相关了。

反过来说,中国当代的抽象画完全有自己的一条道可走。但可惜现在已经陷入一条按照西方的文化观念处理西方感兴趣的中国社会题材的死胡同里了。

柯普说,更重要的是市场的诱惑,他认识一些中国当代艺术家,很有才气,但这两年在北京见到他们,开着好车,抽着名牌雪茄;他们的画在市场卖得很贵,但他们不再往前走,不再探索。他们已经不断重复自己了。

话题又回到魏勒身上。

记得我曾问过魏勒夫人。魏勒的画是较晚才走红于市场的。是不是迟一些了。如果早一些进入市场,会不会对他在各方面都更有帮助。

魏勒夫人摇摇头说,一个画家如果太早进入市场,画卖得好,他就会不断重复自己,不会全心地去思考了。

这恐怕是当代中国绘画必需面对的问题。我们不是很久没有振聋发聩的画作或那种令人觉得天地一新的人物出现了?但一边却是疯狂增长的天价书画频频冲入我们的耳鼓。一位画家朋友美滋滋对我说,我的画价又涨了,我笑着反问他,你的画有什么改变。如果画没变化,价钱高低与艺术何干?

但我们的画坛正在千军万马地陷入市场。

画坛是要纯洁地独立在市场之外的。市场一旦进入画坛,就一定改变画家的价值观,进而消解了艺术的原动力,甚至世俗了艺术的本身。艺术家当然不是拒绝市场,但真正的艺术家是不会为市场作画的。他高贵的心灵应永远生活在艺术的天国里。

2011.7.14

大话美林

一

在当今画坛上,能够让我每一次见面都会感到吃惊的是——韩美林。

昨天刚被他一种全新的艺术语言所震撼,今天他竟然把他的画室变成一片前所未见的视觉天地。

一刻不停地改变自己,瞬间万变地创造自己。每一天都在和昨天告别,每一天都被他不可思议地翻新。然而,真正的才华好似在受神灵的驱使,不期而至,匪夷所思,不仅震动别人,也常常令自己惊讶。每每此时,他便会打电话来:"快来我的画室,看看我最新的画,棒极了!"他盼望亲朋好友去一同共享。等到我站在他的画前,情不自禁说出心中崭新的感动时,他会说:"你信不信,我还没开始呢!"

这是我最爱听到的美林的话。

此时,我感到一种无形而磅礴、不可遏制的创造力在他心中激荡。他像喷着浓烟的火山一样渴望爆发。这是艺术家多美好的自我感觉与神奇的时刻!

二

美林的空间有多大？这是一个谜。

二十多年来，我关注的目光紧随着他。一路下来，我已经眼花缭乱，甚至找不到边际与方向。一会儿是一片粗粝又沉重的青铜世界，一会儿是滑溜溜、溢彩流光的陶瓷天地；一会儿是十几米、几十米、上百米山一般顶天立地的石雕，一会儿是轻盈得一口气就可吹起的邮票；一会儿是大片恢宏、变幻万千的水墨，一会儿是牵人神经的线条，或刚劲或粗野或跌宕或飞扬或飘逸或游丝一般的线条。一切物象，一切样式，一切手段，一切材料，都能被他随心所欲地使用乃至挥霍，他要的只是随心所欲。

在这心灵的驰骋中，艺术的空间无边无际。地球可以承载整个人类，每个人的心灵却都可以容纳宇宙。尤其是艺术家的心灵。他们用心灵想象，用心灵创造，更因为他们的心灵是自由的。

美林艺术的灵魂是绝对自由的。这正是他的艺术为什么如此无拘无束与辽阔无涯的根由。

谁想叫他更夺目，谁就帮助他心处自由之中；谁想叫他黯淡下去，谁就捆缚他约制他——但这不可能——他就像他笔下狂奔的马，身上从来没有一根缰绳。

三

美林还是评论界的一个难题。

这个兴趣到处跳跃的任性的艺术家，使得评论家的目光很难瞄准他。他艺术中的成分过于丰富与宽广。如果评论对象的内涵超过了自己熟知的范畴,怎样下笔才能将他"言中"?

在美林各种形式的作品中,可以找到中西艺术与文化史的极其斑驳的美的因子。艺术史各个重要的艺术成果,不是作为一种特定的审美样式被他采用,而是被他化为一种精灵,潜入他的艺术的血液里。就像我们身上的基因。

依我看,他的艺术是由三种基因编码合成的。一是远古,一个现代,一是中国民间。

在将中国民间的审美精神融入现代艺术时,美林不是以现代西方的审美视角去选择中国民间的审美样式,在那一类艺术里,中国的民间往往只剩下一些徒具特色却僵死的文化符号。在美林笔下,这些曾经光芒四射的民间文化的生命顺理成章地进入当代;它们花花绿绿,土得掉渣,喊着叫着,却像主角一样在现代艺术世界中活蹦乱跳。

同时,我们审视美林艺术中古代与现代的关系时,绝对找不到八大、石涛或者毕加索、达里的任何痕迹。然而中国大写意的精神以及现代感却鲜明夺目。美林拒绝已经精英化和个体化的任何审美语言,不克隆任何人。他只从中西文化的源头去寻找艺术的来由。

我一直以为,远古的艺术和乡土之美能够最自然地相互融合,是因为这些远古艺术,大地上开放的民间之花,都具有艺术本源的性质,原发的生命感,以及文明的初始性。而这些最朴素、最本色的文化生命,不正是当前靠机器和电脑说话的工业文化所渴望的吗?

因此说,美林的艺术既是现代的,人类性的;又是地道的华夏

在韩美林的画室里

民族的灵魂。

四

美林的世界都是哪些角色？

只要一闭眼就能涌现出来——倔犟的牛、发疯的马、精灵般的麋鹿、嗷嗷叫的公鸡、老实巴交的羊以及叫人想把脸颊贴上去的无极温柔的小兔小猫。

其实它们并不是美林客观的"绘画对象"，而是画家一时心性的凭借。美林性格中那些与生俱来的执拗、坚韧与率真，心绪中那些倏忽而至的昂奋、快意与柔情，全都鲜活地表现在他笔下这些生灵的身上。我从来都是从这些生灵来观察他当时的生命状态。在我的学院大楼落成剪彩那天，美林送来一匹丈二尺的巨马，这马雄强硕大，轰隆隆奔跑着，好似一台安上四条腿的蒸汽机。我对美林说：凭这股子元气你能活过一百岁！

美林世界的一切都是他生命的化身。不知还有谁的艺术拥有如此纯粹的生命感。他时不时会顺手拿起身边一件亮晶晶、造型奇特的陶壶陶罐，对你说："看这小胖子，多神气！"或者"瞧它呼呼直喘气，可爱吧！"

这种生命感，还从形象到抽象，从画面上每一根线条到他神奇的天书。

这些来自汉简、古陶、岩画、石刻、甲骨和钟鼎彝器的铭文中大量的未可考释的文字，之所以诱惑着他，不只是每一个文字后边神秘莫测的历史信息，而是至今犹然带着远古人用来传达所思所想时生命的活力与表情。美林之所以把它们重新书写出来，不是对这些罕见的古文字的一种审美上的好奇,更不是在视觉上故弄玄虚,而是想唤醒那些遥远而丰盈的生命符号和符号生命。

美林的世界的所有角色,其实都是他自己。任何杰出的艺术家都是极致的自我。为此,这个好动的画家的笔下的一切,都充满动感,很少静态;过分的情绪化,使得他喜欢瞬息间完成作品,阔笔泼墨自然是其拿手的本领。天性的豪气,令其书法字字如虎。他不刻意于琐细,没有心思在人际做文章,甚至不谙人情世故,所以千差万别的个性的人物,从来不进入他的世界。有人问他:"你为什么不画人物?"

我在一边说:"刻画人物是作家的事。"

五

美林的原创力是什么?

在美林艺术馆一面很长的墙壁上挂着一百多个小瓷碟。每个小碟中心有一幅绘画小品。虽然,画面各不相同,但画中的小鸟小兔小花,连同各种奇妙的图案都在唱歌。这是美林与建萍热恋时,他从电话中得知建萍由外地启程来看他——从那一刻起,他溢满爱意的心就开始唱歌。他边"唱"边画。各种奇妙至极的画面就源源不绝地从笔端流泻出来。爱使人走火入魔,进入幻境;幻想美丽,幻境神奇。美林全然不能自制,直到建萍推门进来,画笔方歇。不到一天,他画了一百七十九幅小画。这些画被烧制在一般大小粗釉的瓷碟的碟心,活灵活现地为艺术家的爱作证。

尽管谁都愿意享受被爱,但爱比被爱幸福。爱的本质是主动的给予。这个本质与艺术的本质正好契合。因为,艺术不是获取,也是给予。爱便成了美林艺术激情勃发的原动力。美林的爱是广角的。他以爱、以热情和慷慨对待朋友,对待熟人,甚至对待一切人,以致看上去他有点挥金如土。这个爱多得过剩的汉子自然也常常吃到爱的苦果。不止一次我看到他为爱狂舞而稀里糊涂掉进陷阱后的垂头丧气,过后他却连疼痛的感觉都忘得一干二净,又张开双臂拥抱那些口头上挂着情义的人去了。然而正是这样——正是这种傻里傻气的爱和情义上的自我陶醉,使他的笔端不断开出新花。其实不管生活最终到底怎样,艺术家需要只是此时此刻内心的感动与神圣,哪怕这中间多半是他本人的理想主义。

哲学家在现实中寻求真理,艺术家在虚幻里创造神奇。

到底缘自一种天性还是心中装满爱意,使美林总是尽量让朋友快乐,给朋友快乐?他以朋友们的快乐为快乐。他的艺术也是快乐的,从不流泪,也不伤感,绝无晦涩。这个曾经许多次与死神擦肩而过的汉子,画面上从来没有多磨的命运留下的阴影,只有阳光。他把生活的苦汁大口吞下,在心中酿出蜜来,再热辣辣地送给站在他画前的每一个人。美林是我见过的最阳光的画家。

最大的事物都是没有阴影的。比如大海和天空。

然而爱是一定有回报的。因此他拥有天南地北那么多朋友,那么广泛的热爱他艺术的人。如今韩美林已经是当今中国画坛、当代中国文化的一个符号。这种符号由国际航班带上云天,也被福娃带到世界各地。更多的是他创造的千千万万、美妙而迷人的艺术形象,五彩缤纷地传播于人间。这个符号的内涵是什么呢?我想是:

自由的心灵,真率的爱,深厚的底蕴,无边而神奇的创造,而这一切全都溶化在美林独有的美之中了。

2006.5 本文为《韩美林画集》序言

儒雅最是步武君

壬申夏日,文怀沙先生对我说,他要请一位书法大家,书写拙作小说《三寸金莲》。文老对我垂爱至深,自不待言。但书家绝非抄工,谁肯书写洋洋乎十万字一部小说?然天下奇事由此而出,神州奇人因此而识,这便是身在西北一隅之任步武君。

最初长长一段时间,我与步武君只在电话中交往。未睹其容,但谙其声。可是以我写作人的职业本能,从言语之间,声调之中,却分明感受到步武君乃一谦谦儒士,逊和冲淡,诚挚恳切,庄重不阿,还带着大地深处的人们那种淳朴厚道。他在书写拙作之前,居然先试写了数页寄给我,问我是否合意。此时,步武君在全国书法比赛已荣膺榜首,谦恭如是,足见其人。而寄来的作品令我惊愕不已,既精整挺劲,又神俊秀逸,若称当世顶上,决不为过也。倘以这样的楷书来书写一部小说,将是怎样一部煌煌然的书法巨制?而在漫长的书写期间,他又将以怎样的功力与毅力把这件事由始至终一贯到底?

此间,自电话中得知,他天天晨起,散步舞剑,待到心情畅好,写上一小时;午睡醒来,精力充足,再写一小时。每日两小时,书写五百字。书写之时,自闭屋中,拒来访者于门外,以保持情绪镇定,不躁不滞,自在自若,舒展如云,流泻若水,光华通透,澄澈万里。

步武君书此全书,用时八个月。始于冬,终于秋,历经四季。楷书务求精湛,笔墨敏感超常。西北天燥,锋毫易干;暑日冬炉,砚墨易稠。所幸步武君有数十年日课积养之功力,足以克制四时的变化,避免间断,一气呵成。炎威盛夏,背心短裤,赤膊上阵;凛冽严冬,脚着绒鞋,身穿棉衣,惟脱却右臂的衣袖,以利运笔自如。其时其态,极是迷人!

转年癸酉深秋之日,步武君携此一箱书法巨作,奔至京都。在文老寓所展示开来,浩荡十万字,竟似一日书。由首至尾,笔调如一,行气流畅,连绵不断;有如江河,一泻千里,源自高山,放乎大海,原来书法——特别是小楷——也能造就出这样的汪洋恣肆之奇观!我感慨地对步武君说:"这哪里是我的《三寸金莲》,分明是你笔下的《三寸金莲》啊!"

步武君忙对我举着双手,使劲摇摆,面红耳赤,直到耳根;而且笨口拙舌,不知说什么才好。这便是我初见步武君留下的最生动,也是最本色的印象了。

书写小说与书写诗词不同。后者可以放入书家的情致,字态全然随同心态;前者则不能因情节而改变笔调与字形。但是,书家与抄工的不同在于,抄工只是书写文字符号,书家却要表现自己对书写对象内在精神的整体把握。步武君说,他想把小说深层的文化意蕴,及对中国文化所持的严肃而冷峻的批评态度,贯注到他这部书法作品的整体风格中去。故其此作,严正整饬,雍容大气;兼又清灵文雅,含蓄隽永。书法最难的,是显示出很高的文化品位;楷书最难的,是处处闪烁着灵气。因故,庄重不掩其才情,超逸不失其法度。而字字意饱神足,笔笔精到,点如朝露,捺如春草,钩如秋棘,横竖全是情感的枝条。这般书法,凡十万字,其无上之珍贵尚且不说,天下何处还有第二?

丁丑年天津举办首届中国书法节。步武君及其夫人之作品双双入选参展。他们专程来津,也为了与我相见。开幕那日,我主持大会,在拥塞的人群中见到步武夫妇,匆忙间我告他晚间打电话到我家中,以便约见。但过后竟渺无讯息,亦不知他下榻何处。几天后,终于打听到消息,却知他患病已然返回陕西。我马上驰电到步武君家中,问他:"为什么患病不告诉我,我会马上找个医生呀。"他忙说:"不要紧。我已经好了。我正是看你实在太忙,才不敢打扰你。"

这话使我又感动,又遗憾,失去了与步武君一次畅聚良机。然而这正是步武君的其人其事也。凡事合度,退己宜人——惟其这般,才有那样儒雅清隽之书法!

步武君即将出版大作,嘱我作序,因记一段与君交谊中一些小事。人如其书,书如其人,人书合一,是为上品。

戊寅年大暑日于津门俯仰堂

一生都付母亲河

一

生命缘于水。

无论一棵小草还是一片森林,一只蝼蚁还是一个物种,一个村落还是一座城市,皆缘自水和依赖于水。因之,大地上任何民族皆缘起和受惠于一条大江大河。当历史学家和人类学家逆时序地上溯到一个民族的源头时,最终一定迷醉在一片无比壮美的高山峻岭和冰天雪地之间的江河的源头里。

人类的源头在江河的源头里,人类的历史在江河的流淌中;一旦人类离开了这些江河就必然消亡,所以人们称这些最本源的河流为母亲河。

古老东方中国的地势西高东低,几条巨龙般的长河自西天奔泻而下,激涌般地穿过山河大地,东入大海,一路浸润、滋养、恩泽了茫茫万里中华大地上的生灵万物。它们就是中华民族伟大的母亲河——长江、黄河。

中华民族感恩于赐予并养育自己生命的母亲,但谁把这无限大的报恩之情及其使命交给了一位普普通通的摄影家,并叫他心甘情愿地几乎付出了一生,来表达一个民族的良心与心愿?

二

  这位摄影家便是郑云峰。中等偏矮的个子,天生健壮的体魄,充沛的精力,这些都适合于他所痴迷的摄影专业;特别是他天性豪爽,富于激情,故而头一次见到长江黄河,即刻与这奔腾咆哮的大地上的苍龙一拍即合,成为知心与知音。他最初与母亲河结缘是上世纪中期。那年他四十岁吧。从那时起,他一边造小舟,入江心,搏巨浪,寻找母亲河最为动人心魄的姿容;一边背着相机徒步而行,逆江而上,历尽艰苦与危难,最终进入三江源——长江、黄河和澜沧江的源头。他不止一次讲述他第一次进入三江源的震撼,在那片三十多万平方公里罕见人迹的世界里,一如天国庄严而瑰丽的圣地上,他被净化了。

  于是他大彻大悟,到底是怎样的天地和境界才能创造人类与生灵?

  他几乎是用跪拜的姿态拍他当时眼前的一切。摄入他胶片暗盒的第一组三江源的画面是1986年。随后便激情难捺地一次次奔往那里。自费、徒步、高寒、缺氧、车祸、遇险、饥饿、迷路、生病、孤独,但对于他这匪夷所思的艰辛,较比步入天国的感受与发现,不如九牛一毛。他早期拍摄的三江源是:纤尘未染的蓝天,夺目而通彻的阳光,峥嵘的雪山,玻璃般纯净的冰川与湖泊,海一样黑压压的森林,肥软的草甸子间丰沛的清流,成群的珍禽与异兽,原住民天人合一的习俗和人文……这一切都被他的长短镜头珍藏下来。

  他早期的作品更像一首首颂歌,惊喜的、兴奋的、激情的、明亮的;他要做的是把他在天国里寻觅到的中华大地母亲的模样,告诉给我们。

他做得既单纯,又虔诚,又快乐。

三

然而,进入九十年代末叶及至本世纪,郑云峰眼前的天国变了。

他每一次千辛万苦到那里,恶化的现实都令他惊愕。冰川开始消融,绿草出现枯黄,湖水污染变色,沙漠气势汹汹扩张起来。这缘故除去全球变暖,更多来自人为的破坏。随着经济开发的热潮而来的是淘金热、虫草热、伐木热、开矿热和猎杀鱼鸟。这变化让他感受到撕心裂肺的疼痛。

然而,他没有挎着相机掉头而去,把绝望的现实扔在背后,相反他举起相机把这一切真实地记录下来。他像当年不遗漏任何一处美一样,如今他决不放过所有必需正视的现实的丑。

他进了一个全新的摄影阶段。他从唯美的、激情的、情感的,变为审丑的、冷峻的、理性的;他用镜头证实和批判现实的荒谬,同时警示世人关切照此下去难逃的厄运与悲剧。

这一阶段,他在长江的拍摄,也从大自然的赞歌转向对即将逝去的山水的挽留;他十分清醒地为长江水库化的过程留下了视觉的档案。

这样,他本人便从一个理想主义者转型为一个批判现实主义者。

这一转变出于一种文明的自觉和历史的责任,因使他的摄影内含与价值变得非同寻常。一种严峻的基调和痛苦的呼叫充溢在他的作品中,特别是将这些作品与他八十年代中期拍摄的三江源比较而看,常常使我感到一种震撼与痛彻。

四

二十世纪八十年代由于摄影的迅速发展及普及,人类学者开始使用相机作为田野调查的手段,直观的视觉的现场记录带来的真切性、全息性以及特定的环境氛围——这是传统单一地使用文字来记录不可能做到的。于是一个崭新的人类学的新的研究手段与学术概念受到人们关注,即"视觉人类学"。

然而,对于郑云峰来说,由于他在自己的母亲河的摄影注入了记录现实与记录历史的意义,他更像一位生态学者和文化保护者,他的视角与镜头也更接近视觉人类学的理念。这便使他的摄影作品有了多种价值。除去摄影艺术本身的审美价值,还有见证价值、文献价值、研究价值,而且涉及生态、环境、民俗、遗产等诸多方面。此外,对于社会的文明进步则是一种呼唤、激发与推动。

五

前不久见到郑云峰,我刚问道:"最近三江源情况怎么样,有改进还是更糟?"

谁想到他竟哭出声来。

哭声是回答,更像控诉。控诉我们这一代的无知、野蛮与贪婪,也哭出一位真正知识分子与艺术家的心声。

我在本文开篇时说："谁把这（对大地母亲）无限大的报恩之情及其使命交给了一位普普通通的摄影家？"

其实没有谁，完全出于他的自愿与志愿，出于良知与使命，可是为什么如今我们的良知这么少而偏偏使命又这么重？

郑云峰今年七十二岁，至今依然孤自一人端着相机在母亲河边流连。他可以把一生付给母亲河，但他不可能永远站在那里。地球是不会完结的，人们还要一代代生存和繁衍下去，可是他身后谁是来者？

六

这里，一家有眼光的出版社从郑云峰先生二十年来拍摄三江源的数十万帧作品中，摘取精要，分成十卷出版，取名《三江源》；本图集在内容上全景式展示了三江源的历史由来、地形地貌、山光水色、自然风物、民族习俗、信仰崇拜、人文艺术方方面面，称得上一部沉甸甸的视觉档案。在摄影的手法上，既是由衷的赞美与讴歌，也是忠实的记录；在编排结构上，常常采用对比的方式，以呈现三江源近二十年负面变化的真实，具有批判与警醒的意义。

这样一部巨型的摄影集，应是郑云峰辛苦一生的一次总结，同时表达了他心中强烈的愿望，即呼唤所有中华儿女——深爱母亲河和保护母亲河；为了她的过去，也为了民族的未来。

我有幸作为这部摄影图集的第一位读者，情不自禁地想对郑云峰这位当代中国罕见的自然人文的苦行僧深深道一句：谢谢！

2012.10 本文为《三江源》序言

魏勒夫人

世上有两种画家,命运截然相反。一种像梵·高、莫第里安尼和朱耷,生前尝尽人间的冷漠与穷困,全然不知身后的辉煌;还有一种像罗丹和张大千,有生之年就已经坐在宝座上了。然而,在这种幸运儿之中,奥地利绘画大师马克斯·魏勒可以说达到了极致。2000年在维也纳举办他个人作品回顾展时,参加开幕式的人如同人海,多达五千人;此前(1998年),他的作品在他心仪已久的中国展出时,由于本人年事已高,难以远行,但奥地利的总理沃尔夫冈·须斯竟然乘专机来到北京,为他的画展剪彩。当今画家谁能享受如此殊荣?一位奥国朋友说,除非奥地利的第一国宝——维伦道夫那尊"丰乳肥臀"的维纳斯像在北京展出,才可能会劳一劳总理先生的大驾。

在1998年3月10日北京画展开幕式上,这位现代主义大师的作品受到中国观众的欢迎。这位大师与中国古典绘画——尤其是"宋画"有着久远又深刻的情结。他对"宋画"刻骨铭心的崇尚与向往,在他抽象的语言中自然而然地流露了出来,并被中国观众所感知。人们的目光在他的画上,谁也没有更多地去注意在画展上偶然露一露面的一位女子。她爽利而明亮,很像魏勒某一幅画上的笔触与色彩。人虽尚属中年,身材却像年轻人那样清晰与挺

与魏勒夫人在魏勒的作品前

劲。人们最多知道她是马克斯·魏勒的夫人。我却听到更进一步的说法,说她是魏勒继任的妻子,比魏勒小三十五岁。她还是画家的经纪人,是她使画家获得了如此成功的今天。我听到的只是这几句话,但这短短几句话却很吸引我。我对她与魏勒的经济关系毫无兴趣。我好奇的是她与魏勒的艺术关系——在魏勒的艺术中,她起什么作用?

经一位朋友的引领,我们来到维也纳市中心一条大街上。这里是在维也纳居住最昂贵的地方。一座座古老、典雅、布满浮雕的公寓楼,至今仍然刷着那种历久不变的牙黄色。这是昔时哈斯堡王朝钟爱的颜色,甚至也是维也纳城市的颜色。当我们按响一座楼房的门铃,我想,我此次访问维也纳的一个目的将要达到——访问魏勒夫人。我知道,自从2001年魏勒去世,她一直独居在这里,深居简出,很少社交活动。

魏勒夫人站在她寓所的门前等候我。一见到她,她身上的几种颜色立刻跳进我的眼中。金发和金项圈、洁白的皮肤与艳红的唇,还有简简单单一套草绿色的裙装。简约又丰富,对比又谐调。女人总是用衣着与颜色的搭配告诉你她的修养如何。

一进入她的房间就进入了魏勒的世界里。每一面墙上都挂着一幅魏勒的画。外面的过厅的几幅画是魏勒画于二十世纪七十年代的那种很空灵的蛋彩画,里面的客厅则是更早一些时候风格雄厚的画作。房间很高,墙壁素白,别无它饰,家具简单至极,有的桌面干脆一块玻璃板,好像生活的一切都并不必要,只有魏勒的画必不可少。

我们相互客气两句,随后有一点尴尬,好像没有找到话题。可是当我一提及墙上魏勒的画,她的谈兴一呼即来,我们很快就谈得火热,有点像碰到知己。

这时,我已经不担心下边的访问会有什么障碍。我想寻觅她与魏勒绘画的关系,而我发现她的心里全部是魏勒的画!我想对她的访问能够有序地展开,即她是怎样一步步走进魏勒的世界中的。真没想到,谈起往事,根本不需要我去问她。下边的一切都是她自己主动说出来的。

她进入魏勒的天地,很偶然,也很自然。

1966年,她在一个美术展览上看到了魏勒的画,她觉得自己立刻被震撼,甚至被融化了。从那一刻,她就与魏勒的画融为一体,一天也没有分开过。

她说:魏勒的画需要理解,因为魏勒画的是现代主义的抽象绘画。需要有人帮助他,让人们理解他的艺术。她在画展上买了两大包魏勒的画集,一手一包,寄给她世界各地的朋友。此后每一次魏勒的画展,她都这么做。

直到1968年她在画展中认识了魏勒。那时候,她已经涉足艺术经纪人的工作。她主动提出愿意帮助魏勒,把他的画推荐给收藏家们。她说,她更觉得,这个性格内向与沉默的人需要理解。

奥地利的画坛,自从在1918年失去了克里姆特与席勒之后便陷入一种六神无主般的茫然。不像法国、德国和美国拥有那么多擎天柱般的大师而充满自信。魏勒是决心为艺术献身的画家,但当时没有人能够理解他的探索和已经拥有的非常迷人的"语言"。

魏勒平时很少与人交往。他仅有的两位挚友,一位诗人和一位雕塑家,分别于1967年和1975年去世,从此他几乎与世隔绝。

白天画画,晚上写日记。他一边谢绝了维也纳美术院院长的职位,另一边也不与画商们打交道。能够把他的画买下来的人,只是一些酷爱他绘画的人。当然,这样的人非常有限。因为在很长时间里,他的画都处在苦苦摸索而不断变化之中。

然而,魏勒并不知道这个世界上还有一个真正的知音,默默躲在一边一直关注着他,更不知道这个人对他会有多么重要。

1986年1月,在二十世纪现代美术馆举办的当代素描优秀作品展上,她与魏勒又遇上了。这时,她已经与她在墨西哥工作的丈夫离婚。魏勒在一年前妻子病逝。这时,魏勒问她:"萨尔茨堡想请我去开画展,你愿意帮助我吗?"她笑了。这大概是她一生中最想做的事情。

他们于1986年合作,而后就无法分开。1991年他们结婚。年龄相差三十五岁。

在她看来,这位缄默而勤恳的画家对生活要求极其简单,吃与穿,比普通人要求的都少,他说自己只"生活在自己的眼睛里"。但他对自己绘画要求的却太多太多,甚至过于苛刻。因此,他每一幅画都有意想不到的新的东西出现,而且很完整。她说,他每一张画都在寻求一种新的可能性,因为他的想法实在太多了。他的精神非常富有。

走进魏勒的生活里,她主要是通过策划与操作一个又一个展览,使人们通过魏勒的抽象语言来感受到他独特的审美。

当我问她,她算不算魏勒的经纪人时。她说,魏勒的画卖与不卖从来都是很贵的。她承认她给魏勒带来很多观众。这也是她二十岁时第一次见到魏勒的画就涌上心头的想法。那就是让所有的人都拥有魏勒。这远远超出一般经纪人的职业目的。

我问她:是不是你们到一起有些迟了。如果魏勒的画早一些进入市场,可能会更好吧。

她摇摇头说:一个画家如果太早地进入市场,画总卖掉,他就会不断重复自己,而不会思考了。

从这句话,我一下子明白,她为魏勒所做的,并不是把艺术转变为商品,而是通过商品的中介,把画室的艺术转化为世人心中的艺术。

一个伟大的艺术家往往也需要被发现。魏勒的幸运是这位发现者最终与他为伴,而且通过她的努力把她的发现为世人所共享。为此,2003年奥地利政府授予她荣誉性的教授头衔。

魏勒夫人说,魏勒的前妻非常贤惠,但不懂艺术。所以她给予魏勒最重要的是知己一般的欣慰。

魏勒的画虽然很恣肆放达,他的画室却非常整洁,一切都井然有序。他的画室过去是不准别人进入的,但她常常被邀请入内。他俩都喜欢共同策划一次画展的那种充满想象与兴致的感觉。魏勒夫人是位活跃的人,她的活力使魏勒的生活充满色彩。魏勒开始出现在一些社交场合中。魏勒八十岁的生日,是她陪伴他在美国度过的。那一天他们请来许多朋友,挂起许多气球,聚餐,饮酒,跳舞,她感觉他在返老还童。转一年,他们还到肯尼亚去度假游泳呢!

"我们没有过大的争吵,"她说,"现在想起来,那像是一种梦一般的生活。"

如今魏勒辞世已经两年多。她感到,那种梦一样的生活消失了。虽然,她还没有进入老年。但她认为她的一生只有那么一段真正的生活。但一个人能有这么一段生活也就足够了。

说到此处,她很是平静。显然她已经翻越过去那种生死相别的痛苦。她全然洞悉了人生。

此后,我与魏勒夫人还有两次不长的谈话,内容当然都是魏勒。一天,魏勒夫人约我去艾斯尔现代艺术馆看东欧艺术家的一个展览,名叫"蜜蜂与血液"。我早就耳闻这个全奥最大私人的藏馆水准极高,便欣然愿往。看展览这天,魏勒夫人穿一身橘黄色的套裙,鞋子和背包也是橘黄色,很像魏勒《太阳马上升起》那幅画上的色彩,鲜艳夺目。有趣的是,她把几张要送给我的照片放在一个大信封内——这信封是她特意用同样一种橘黄色的纸亲手制作的。只有画家对颜色才会这样严格。

我们看过画展,魏勒夫人拉着我去到画库看画。据说这艺术馆库藏作品三千件,竟囊括了当代奥地利和世界现代艺术的名家名作。进了画库,她忽然将几面巨型的带轱辘的"墙壁"拉出来,上边挂满了魏勒的画。有些是我在魏勒的画集上看过的他的代表作。原来这才是她拉我来看画的本意!此时,她的兴致高涨起来,滔滔不绝地向我解释每一幅的想法与技法,就像她三十年来天天所做的那样。

她真的使我很感动。她心里只有魏勒。世间哪位艺术家能有这样的幸运。他是她的全部,她也是他的全部;他们还是艺术的全部,艺术又是他们的全部!

我们分手时,她送我一盘光盘。是海顿的作品集。她说魏勒非常喜欢海顿。在魏勒的葬礼上,她一直放着海顿的这些乐曲。她还说:

"非常美。他非常美。"

她说的不是海顿,是魏勒。

2003.9.6

阿列克和他的乡村别墅

在 路 上

在今天俄罗斯的大地上,无论走到哪里,都会见到一片片新房子像雨后的蘑菇那样冒出来。这情景有点像我们的九十年代初。老房子破败陈旧,新房子生头生脸。新旧杂陈——旧的衰亡,新的爆发。

阳光从高空一无所碍地照射下来,照得这些新房子的房顶闪烁着非常强烈的反光,好像一片片反射阳光的镜子。俄罗斯乡村的房顶大多使用金属瓦楞板。旧日的瓦楞板喷涂油漆,今日的房顶不再涂漆,白晃晃的反光刺得眼睛不敢直视它,而且与绿色的森林和原野极不谐调。

在阿列克的指点下,我终于能辨认出这些新房子分做两种。一种是日子好起来的农家的房舍,一种是"新俄罗斯人"的乡村别墅。那么"新俄罗斯人"是些什么人呢?

在前苏联解体初期,政府将国有企业的财产变成一种证券,分给企业职工。那时,这种证券没有任何实际用途。谁也无法把它折合成一张桌子乃至一把水壶拿回家。更不可能把工厂里的机器与锅炉分一份搬走。于是就有一些眼光特殊的人,用极少的钱来收买职工手里的证券。当职工们将那种无用的证券换成现金时,心里还挺高兴,以为得到了"解体"的好处。但最终他们发现,真正的好处是被那些雄心勃勃的人获得了。他们最终只花了不多的钱就买下一个个巨大的企业,并因此成了今天的巨富。他们就是"新俄罗斯人"。

新俄罗斯人坐奔驰车,穿名牌衣服,穷奢极欲,享尽荣华;他们在城里置办豪宅,在乡间修筑这种亲近自然的别墅。这种占全俄人口不到百分之一的"新俄罗斯人"和普通人生活的差距不可思议。我的一位朋友是俄罗斯著名的科学院院士,月薪只不过一百美金。但他还是幸运的,因为他住在莫斯科。莫斯科是当今全俄最富的城市。

陪同我们访问的俄罗斯作家协会国际部负责人阿列克说,他在一个叫做瓦尔代依的地方就有一处别墅,临着湖边,风景优美至极,我极为震惊。问他:"你是新俄罗斯人吗?"

他笑了笑,挤挤左眼,说:"那得到那儿去——先由你看,再由你说。"

我说好啊。充满了好奇。起码从外表我看不出他是个俄式大款。

阿列克说他50岁,谁看了他也都不会相信。他像个游泳运动员,肩宽腰窄,充满活力,双手短粗有力,眼睛黑白分明,脸色通红好似映着霞光。他说他只会一句中国话,就是"我爱你"。然后不断地对我的同伴——一位中央电视台的女导演胡森说"我爱你"。然后,就像淘气的男孩那样放声大笑。他说话时底气很足,声音很大。他对谁都像是对聋子说话。

至于他的精力和体力则更像一头年轻的牛。我们访问从头到尾,接机送站,接洽组织,结账付款,拍照录像,全由他一人承当,而且还要为我们当司机,驾着一辆黑色伏尔加车从天亮跑到天黑。只要我怀疑他体力可能出现了问题,他就会一弯胳臂,把上边那个硬邦邦、小面包似的肌肉绷出来给我看,还非要我去捏一下。我说:"像手雷。小心炸了。"

我们笑。他喜欢笑,更喜欢我们笑。他真是个挺好的人!

但我还是为我们路上的安全担心。我特意坐在他身边的座位上,为了和他说话,开玩笑,使他亢奋,并在路况复杂时提醒他注意。在俄罗斯的公路上,常会碰到人仰马翻、车毁人亡、十分吓人的景象。尽管他们人人差不多都会开车,很有行车的经验,但他们比起我们来——随意、即兴、心急,而且嗜酒,这些都是造成车祸的隐患。

阿列克一坐在方向盘前,便把一个小型红外线"反测速仪"放在车窗前。这个"反测速仪"专门是对警察测验车速而做出反应的仪器。只要前方有警察在测车速,这仪器立即能接收到测速的光信号而发出"吱吱"的尖叫声,提醒司机减速。这小东西真是很灵。只要尖叫声起,阿列克立刻把车速减下来。车子开出去不久,一准会看到路边树丛里埋伏着交警。这时,阿列克必定会眉毛向上一挑,嘴角一笑,很得意他的小仪器的灵验。

很多俄罗斯人车上都配备这种"反测速仪"。交警明知,也不去管。因为这种东西对超速的司机反而是一种提醒。交警测验车速的目的,并不是为了罚款,而是为了司机的安全。

在一些路口,交警部门常把一辆撞毁的车子放在路边一个高

阿列克在屠格涅夫故居

高的台子上,展示惨状,提醒路人。然而这并不能制止所有爱开快车的人,违规者总是心存侥幸。甚至在他们碰到交警之后,还会向迎面飞快开来的车子打手势,通告对方交警就在前头不远,暂时减速,别找麻烦。看上去他们相互很讲义气。但就因为这样,天天电视里都有某某公路发生横祸的带血的新闻。

在我们离开莫斯科前往圣彼得堡时,阿列克说有两条路任我选择。一条路是先跑 600 公里,到普希金故乡,住上一夜,再走 200 公里就到圣彼得堡了;另一条是跑 300 公里到瓦尔代依,住在他的别墅里。可以在湖边钓鱼,洗蒸汽浴,吃烤肉。转天再跑 300 公里便能抵达圣彼得堡。

我毫不犹豫地选择后一条。虽然普希金的故乡我神往已久,但我对莽撞而即兴的俄国人行车不放心,尤其对阿列克要一口气开 600 公里更不放心。而且——他的别墅在吸引着我另外一种注意力呢。当然,这条道上还有柴可夫斯基的故居!

阿列克叫起来:"好啊,你正好可以认识一下我这个新俄罗斯人了!"

白桦木屋的蒸汽浴

离开莫斯科,愈来愈鲜明的感受是白夜降临。我们风尘仆仆到达瓦尔代依的达维尔城时,已是晚上 10 点钟,小城依旧像用巨灯照射那样清晰而明媚。然而,毕竟时间很晚,本来只有两万人的小城,街头人影更加寥落。几株高大的枞树顶上一群归巢的乌鸦正在盘旋和聒噪,乌鸦最有恋家情结,天天暮归时都要情绪高涨地大闹一番。在俄国也是一样。一位肥胖的俄国妇人忍受不住,用

阿列克和他的乡村别墅

一根木棒使劲敲打铁桶,惊得乌鸦漫天乱飞,但不一会儿又回到树顶继续盘旋,吵得更加热闹。

前苏联解体后,特维尔城似乎又回到古代,城市标志是东正教堂。这因为解体前的几十年,特维尔没有建设任何有特色的新建筑,解体后又没有能力新建什么漂亮房子,大兴土木的第一件事反倒是重修教堂。

特维尔有两座教堂,对称地并列着。现在,一座刚刚修好不久,整座建筑洁白纯净,上边是大大小小镀金的顶子。形状很像古代土耳其人的帽子。另一座教堂尚未动手重修,状似一座倾圮的古堡,残破又荒凉,所有窗口都伸出野草;从裂缝看进去还有几株并不年轻的树,至少有三十岁的树龄。这两座教堂不正是解体前后东正教在两个时代的象征么?

我举起相机把它们一并拍摄下来。我喜欢记录生活。

我被阿列克安排在他别墅的客厅里夜宿。阿列克住在另一间小小的卧室里。我的两位同伴及一位翻译石洪生,则被阿列克领到另一幢别墅里,三个人每人一室。阿列克的别墅竟有两幢房子!

等到夜深人静,我仔细看看我的住室,原来是最普通的乡间木屋。俄罗斯的森林无边无尽,所以他们自古就用整棵而笔直的松树一棵棵地码成木屋的四壁。树干之间夹着有弹性的苔草,既不透风又可以防虫。木屋的四角采用一长一短的方式死死咬住,整个木屋坚固无比。俄罗斯的冬天可以冻掉人的耳朵和鼻子,于是他们懂得木屋比任何砖石建筑都保暖。何况屋内还有一个巨大的砖砌的炉子,这炉子可以使天寒地冻时屋内温暖如春。

阿列克的别墅只有电灯,没有电话,也没有上下水。上水是从湖边的水井打来的。厕所也是最原始的,在一块大松木板上挖一个洞口,下边可能是个桶,只要坐到上边痛快一下便可,然后用盖子盖上。房子里也没有任何异味,只有松树的气味。松树无论是活是死,都永远清香。即使在燃烧的时候,那气味也会叫你想起郁郁苍苍的松树林来。

一条长长而简易的长桌,便是餐桌;没有椅子,全是凳子;汤碟菜碗好像都是临时凑起来的。墙角一堆书,一概是消闲的杂志以及一些宗教读物。我曾经在奥地利一个中学教师的山上别墅里住过一夜,一切设施与维也纳没有任何差异,十分优雅。我想难道这就是俄式大款们别墅的水平?

最可怕的是蚊子,又黑又大像轰炸机,而且多得可怕。它们在屋子里横冲直撞地飞行,不断地向我俯冲发动袭击。忽然,阿列克光着膀子闯到我屋来,打了半天手势,我也听不懂。后来他给我装上一套电蚊香,我才明白他的用意。俄罗斯的电蚊香倒是一流的。甜甜地睡一夜,绝无蚊咬,转天醒来看到长桌上至少有五架轰炸机仰面朝天的"残骸"。

清晨,我从别墅走出来,阿列克还在呼呼大睡。他在酣畅地消解昨天驾车的疲惫。我则沿着乡间小路走向湖边,湖边的草坡上一片片全是蒲公英。开花的蒲公英是金黄色的,花谢之后的蒲公英结出一团团白色的毛茸茸的花絮。没有风吹,只要有气流,这些球形的花絮也会散开,在空气里亮闪闪地飘游。

我渐渐搞清楚,阿列克这种别墅只是一些简单的农舍式的木屋。在特维尔城外沿着湖边这些简易的木屋中,大部分是本地的农家;还有一些是来自城里的"中产阶级"。准确地说,当今的俄罗斯中产阶级并没有形成,这中产阶级就是有钱的人吧!

俄罗斯人的生活是把休息放在第一位的。他们从来就有度假和享受自然的习惯,喜欢亲近自然。在前苏联时代,每个城市"公民"在乡间都拥有六十平米的土地。逢到周末,他们都要到自己的"领地"上享受一下大自然。因而近年来手头有点钱的城里人,便纷纷从农民手里买下这些木屋来度假了。

阿列克说,他的妻子比他富有。他妻子是网球功勋运动员,而且是网球世家。他妻子的祖母、母亲、姨妈和妻子本人在《俄罗斯体育名人录》上都有专门的条目和照片。妻子的姨妈现在还是库尔尼克娃的教练。妻子本人也是俄罗斯著名的女子网球教练。这就使他们有钱在瓦尔代依的湖边买一块挺大的地,两幢木房,一间洗蒸汽浴的木屋。然而这些东西在俄罗斯并不算贵,总共价值不过五六千美金。我明白了,他们根本算不上新俄罗斯人。我在湖边散步时,看到一块地势极佳的草坡上有几幢房子。先不说房子何等华贵,单说围栏中奔跑的一只小白狗就能顶上阿列克的一辆伏尔加了。这才是地道的俄罗斯的新贵!

可是,幸福与否,有时是和贫穷无关的。在阿列克的乡间别墅一样能享受自然、享受生活!

从下午六点到十点,我使出全身解数,才从湖里钓上一条鱼。可能湖水太清澈,鱼肉如玻璃般的透明,上边带着深灰色的圆点,但绝非石斑鱼。因为湖水是淡水。

由于不肯在阿列克面前栽跟头,我坚持蹲守在河边。被许多蚊子不停地攻击,胳膊还被荨麻扎了一次,一直疼到第二天。但钓上的简直不能算做一条鱼,总共才不到十厘米,这使我想起莫泊桑的小说《巴梯索先生的礼拜天》。那个一心要度过一个好周末的巴梯索先生事事的结局都很糟糕。他也是使出吃奶的力气,终于从河中钓出一条状似火柴的小鱼。

阿列克非要我举着这"伟大的果实"照相,想尽办法在我的失败中获取快乐,然后把这可怜的小鱼扔进在篝火中烧得滚开的汤锅里。他说这一来,汤的味道一定无比的鲜美。

当我在湖边独钓时,同伴们早已经开始享受快乐的"别墅生活"了。

他们从湖边的水井打水,运到浴房中。浴房是用白桦木板搭的。阿列克雇来两个乡间男孩。一个男孩用干树枝,把浴房烧热;另一个男孩架起篝火煮汤。汤料极简单,只有三样:鱼块、洋葱、萝卜。当今,这种烧火烧水的差事已是此地孩子们一种能够赚点钱的"副业"。他们干得熟练,很快篝火就熊熊燃烧起来,浴室里灼热的蒸气令人窒息。

我的同伴们都一个个钻进浴室,他们享受了真正的原汁原味的俄式蒸汽浴。可是他们从浴室跑出来时,脸蛋和胳膊全都通红通红的,像煮熟的大闸蟹。即使这样,仍旧还算不上真正的蒸汽浴。于是阿列克的洗浴简直就像一场民俗表演了。

在蒸洗房里,他先叫那个男孩用一大把新鲜的白桦树枝叶狠狠地抽他,一直抽得他忍受不住,忽然推开浴房的门跑出来。他光着身子,只在腰间裹一条长毛巾,便跑过草地直奔湖边。他真像煮熟的鸭子跑了,浑身冒着白烟,然后一扔毛巾,撅着光溜溜的屁股跳进寒冷的湖中。冷热相激,使得他放声大叫。"哇呀——太好了!哇呀——"

然后在水里翻腾一会儿,上来用毛巾一裹,重新回到浴室,再蒸,再洗,再抽,再出来,再跳入冷冰的湖水里。在这种翻来覆去的折腾中,他被刺激得兴高采烈,不断地尖叫,至少往返五次之后才作罢。这时他清醒、快乐、轻松、尽兴、精神焕发。

不止阿列克一人这样做。我钓鱼时,不时在左边右边,近处远处,都会有一个人冒着白烟从浴房夺门而出,奔下草坡,赤条条纵入湖中,大叫:"哇呀、哇呀——太好了!太好了!"

在被蒸汽浴消耗尽了之后,便要开始进餐,享受美食。这是俄罗斯人最原始也是最喜欢的一种传统。

至于最美的食物就是:喝鱼汤,灌沃特卡,吃烤肉。这个湖边小村里的村民十分热情,他们听说一个中国作家的代表团到来,白天就宰了一头小猪。现在正放在篝火上烧烤。烤肉的男孩手艺颇高。小猪的肉嫩如肥鹅,喷香,这种烤肉还是第一次吃到呢。

这时,几个村民走来,相互打招呼,便一起喝酒吃肉,在篝火的火光中说笑。火光从下边往上照,人人的脸都有种奇特的美。火光还把阿列克被白桦枝叶抽打的一条条痕迹照得清清楚楚。大家拿他这些"伤痕"取笑他。他忽然叫大家静下来。远处,湖那边黑压压的森林里传出一声声夜莺叫。声音圆润、流畅,似还有一点期待感。我侧耳去听,以至停下口中的咀嚼。忽然我想:他们有了钱之后,所选择的是这样一种生活吗?

这是一种什么生活?

这是多美、多自由、多酣畅的生活!

"阿列克，我爱你！"

可爱的阿列克也有不可爱的时候，那就是不准时。每次在约定的时间都不会看到他的出现。而在他出现之后，又一准笑嘻嘻用一个小理由塞给我们。一次他把我们撂在红场至少迟误一个小时。他一出现就激情地对我们打招呼，好像他一直在焦急地寻找我们。我们便说好一起噘起嘴、板着脸表示抗议。导演胡淼做得过于认真——女人做事总是这么认真，直叫阿列克不断地用中文大声说："我爱你！"胡淼才对他露出笑容。当然这笑容也是无可奈何的。是啊，第二天见面时他又晚到半个小时！

在时间概念上，德国人的原则是绝对的准时。他们脑袋好像装满齿轮，绝不会差一分一秒，所以德国人的机械工业发达，盛产哲学家。日本人也同样精细与严格，但见面之后鞠躬哈腰一通忙，礼貌用语一大堆，各种"文案"不胜其烦，客观上又耽误掉不少时间。中国人赴约的传统是讲究提前的，所以历史上才有张良约见智叟提前一个晚上的美谈。但后来这种传统被我们糊里糊涂地忘掉了，直到近二十年才又认真起来。我们不认真也不行——因为一切生活都已经"数字化了"。那么俄罗斯人呢？是计划经济时代粗糙和不负责任的生活养成的这种散漫，还是一种根深蒂固的文化？

我发现，我们所有的参观活动，一是准会迟到，二是对方绝不会表现出不满，乃至拒绝。阿列克也完全不需要道歉和解释，好像他们对这一切早都习惯了。

我想，是不是他们的时空太大？

从空间来说,俄罗斯才真正称得上幅员辽阔。任何两个地方的距离都不会很近。房子大,街长,两个城市之间最少也要跑上一天。所以他们用不着像日本人那样计算空间与距离。从时间上说,白天日照太长,太阳从清晨六点一直照到晚上十点,如果下午三点还没吃午餐,下午的事还没做,他们一定会告诉你,不急,时间很多。

俄罗斯人是时间的富翁,他们就不会一分一秒地精打细算。"准时"的概念又由何而来?

他们冬天太漫长,庄稼不可能一年收两次。每年八九月秋收之后,直到转年春天到来之前,他们至少有半年时间无事可做——在农耕时代他们就这样生活了一千多年。

在寒冷的北方,酒能给予人们身体以热能,也是心灵的一种慰藉。于是那种无色而烈性的沃特卡就浸透了他们的生活。如果有人告诉你哪个人全家酗酒,那并非怪事。醉卧街头的酒徒是他们街头一景。俄罗斯有不少宣传画,是劝诫酗酒的。还记得瓦·格·彼洛夫那幅名画《最后一家酒店》吗?对于俄罗斯人来说,有时魔鬼的名字就叫沃特卡。酗酒常常使人穷途末路,并成为车祸的第一帮凶。此外,酒还会模糊对时间的界定,助长遗忘;它长久消融在俄罗斯人的血液里。换句话说,一个血里总含着酒精成分的民族必定是散漫、随意、没准、缺乏规范以及大大咧咧。

可是这个嗜酒的民族,却率真而不善做假。做买卖不会有太多的谎,也就不善于讨价还价。这里惟一的例外是那些在红场卖纪念品的小贩。他们专门向中国游客兜售一种纪念邮票册,每个人都学会几句中国话用来和中国人打交道,还收取人民币。然而他们这种邮票册的要价却总是高出一两倍,直等到我们的同胞把价杀下来一半或一多半,才点头成交。俄罗斯人之间很少这样"砍价"。据说他们这种讨价还价的生意经只是为了满足我们的购买心理。

再说俄罗斯的冬天太长太冷太寂寞,为此他们对另外三个季节的感受是:对春天的祈盼,对夏天的激情,对秋天的伤感。因为秋天是对一年花开草绿的终结,所以他们伤感。伤感是对逝去的生活的惋惜与怀念,对美好往事的留恋与追忆。无论是列维坦的绘画、柴可夫斯基的音乐,还是屠格涅夫和契诃夫的文字,都深深又浓郁地浸透着这种情感与气息。伤感是最深切的情感。因而,这个民族是情感化的。他们容易感动,或感受到别人被感动的心。他们便自然成为一个艺术上才华横溢的民族。他们没有缜密的思维,却有随时到来的灵感;他们不喜欢数字的绳索,而热爱诗样的放纵的酒。所以他们缺少大哲学家,但在诗歌、小说、音乐、绘画、戏剧、舞蹈等方面都有着世界超一流的大师。而且由古至今,代不乏人。这因为一切艺术行为的本质全是感情行为。如果我们站在这一点上,去理解他们的随意、散漫、不规范,便会欣然地接受下来。

在访俄的最后一天,我们在莫斯科一家餐厅宴请几位朋友,其中阿列克是当然的一位。我们要用美酒佳肴,表达对他由衷的谢意。然而,不管我们把开宴的时间怎样的一推而推,他仍旧迟迟未到。我们认准他老毛病又犯了,大家都不高兴。可是待宴席进行一半,他忽然出现,满面笑容。我们以为他又用这种小把戏避开尴尬。他突然将一本厚厚的画册举到我面前,原来是我最需要的一本书——《俄罗斯经典作家画集》!

自从在圣彼得堡的"普希金之家",我发现除去普希金,其他如屠格涅夫、莱蒙托夫、茹科夫斯基、果戈理、列夫·托尔斯泰、马雅可夫斯基等全能画一手好画,这真令我惊讶!不仅是我,中国读者几乎没人知道他们全是画家。我希望能得到一些他们绘画作品的照片或相关的书籍,向我的国人好好介绍一下。但是从圣彼得堡到莫斯科我跑了许多书店,也没有找到这类的画册与资料。阿列克与我语言不通,但一定和我一样着急。眼瞧着明天我就要走了,所以他刚才缺席我们的宴请,又跑了许多地方,最后终于在一家古籍书店买到这本老版的画集。所有俄罗斯大作家的画作全在里面!

在他把这本画集放到我手中时,睁大眼看着我,等着我的高兴。他的神气真令我很感动!

我的同伴们都理解他了。胡淼说:"阿列克真的太可爱了。"

阿列克听不懂。

胡淼对他大声说:"阿列克,我爱你。"

阿列克像孩子那样大声笑起来。我们拥抱在一起。

这时,我想起一句话:如果你真的爱一个人(或一个国家与民族),一定不只是爱他的优点,而是爱他的全部。

2002.6

回忆我的篮球教练

我早已离开了体坛,心儿却一直没离开,经常把种种关切和很深的怀念投向那里。那儿有我青年时期的影子,也有一些历久难忘的面孔。我自小就是个篮球迷,经常玩球玩到天黑,连篮筐都快看不见,还往里投呢!从高中开始,我的篮球很有点名气了。一米九二的身高,能双手灌篮,在当时专业队里都是不多见的,所以一直在校队和市学联队打主力中锋。高中毕业后,我报考了中央美术学院,初试通过,一直在等复试通知,可因为阶级斗争和家庭背景的原因,没能参加复试。

那段时间很迷茫,整天在大街上溜达。一天,迎面过来相识的一个天津男篮的队员,叫马德才,他喊我:"大冯,你去哪儿?"我说:"美院不能去了,不知道今后怎么办。"

他一听,走近了说:"前两天我们张指导还提起你呢,夸你是打中锋的材料,这几天正好集训,你跟我去看看吧。"按照当时的习惯,称呼教练为指导。张教练就是张栋材,大名响彻全国篮坛。我想看看就看看吧。一到球场,看到天津队的队员们正打"顶牛",三人一组半场对抗,谁先打进五个球谁赢,谁输谁下。这时,马德才冲大伙喊道:"瞧,大冯来了!"

大伙儿马上停下了,走过来,个个身上是土,大汗淋漓地围着我看。一个戴眼镜的小矮个儿上来问我："考上哪个学校了?"我立即认出他就是大名鼎鼎的张栋材教练,我说:"没考上。"他笑了笑,问我:"想来打球吗?"一听这句话,我心里顿时有了光明的感觉,但又不知他是否能看中我,迟疑地点了点头。正当我们保持着两三米的距离说话时,张教练忽地一抖腕子,传来一个直线球,又疾又快,直冲我来,我毫无准备。但一瞬间,我下意识地出手一挡,"嘣"地打飞了球。就这一下,张教练非要我不可!

后来进了天津队,我问他为什么要突如其来传那个球,他说:"我主要想看看你下意识反应能力,这是运动员最重要的素质!你那么大个儿,要是那个球打在你胸脯上,我肯定就不要你了。"

初识张教练,就对他心生敬佩,佩服他的灵敏与智慧。天津是近代中国篮球的发源地之一,解放前就有许多球队。张教练是"紫外线"球队的前锋,机变神速,是任何对手都怵头的人物。自五十年代后他担任天津队教练,不少弟子进了国家队成为国手。在训练方面他很有一套,首先要求运动员身体素质要很好。他很欣赏日本的"大松博文训练法",即超强度训练法。平时训练,比打一场比赛还累。他认为只有平时累,比赛才会轻松。每天早上,队员们要从五点钟跑步到七点钟,他自己骑个自行车在后面压阵,像放羊,谁慢了他就连喊带叫地赶谁。直到今天,还记得我们在晨雾中被他驱赶得狼狈不堪的样子。

同时,张教练又极力主张"要用脑袋打球",言下之意,就是要用智慧打球。这一点,我的体会又深又有趣。

记得一次是和山东队比赛。对方有个后卫,个子小,非常机灵。他善于用"阴招"。当你抢篮板球时,他就悄悄用手指夹住你的短裤边儿,这就能制住你了,让你不敢弹跳。就这样,好几次被他这个小个子"摘了帽",抢走了球。观众当然不知道我的"苦衷",大声喊:"11号大个儿,傻了?下去!"张教练就把我换下来。

下来之后,我对张教练说:"这不怨我,他用手捏我裤子边儿,我怎么跳?"没想到,张教练非但不表示理解,反而斥责说:"你的脑袋呢?想办法去!什么时候有了办法,什么时候再上场。"

人的聪明一半是给逼出来的。很快,我就有了办法。我跑到游泳队借了条游泳裤,黑色的,很紧。我把这游泳裤穿上,外边再套上运动短裤,并且故意将腰带弄松。上场之后,我不但不躲避那小个子,反而去靠近他,紧贴他,终于在抢篮板球——他又用手指夹住我裤边的时候,我猛地向上一蹿,短裤被他一直拉到脚脖子上。全场先是一惊,随即大笑,那小个子自然被罚下了。

比赛后,张教练说:"我早看到他扯你短裤了,我换下你,就是让你想办法,你只有下来,才能有办法,明白了吧,打球主要是用脑袋。有人说,咱们是体力劳动者,其实咱们也是脑力劳动者。"张教练是一个充满智慧的人,他除去教给我许多体育技能之外,还教给我如何使力量结合智慧。有了智慧,可以四两拨千斤,可以战胜看起来十分强大的对手与困难。

尽管后来我离开了体坛,走上文坛,但他的那些话语,那些思想与智慧,是不能忘记的。体育本身给予了我们无限的人生启示;体育生涯也使我受益终生,无论是身体,还是心智。

2005.12.28

凌 汛

——朝内大街 166 号（1977—1979）

序

今年入夏，北京几位文友来津做客，内中有人文社的编辑，闲话里说到人文社坐落京城朝内大街上的那个老楼将要拆旧翻新，说我曾在这楼里住过不短的时间，知情不少，该给他们写点回忆性的文章。这话一下子好似碰到我心中底层的什么东西，怦然一动，未等开口，一位老友说："大冯和人文社关系非同一般，说不定会写篇大块文章。"我便信由一时心情接着说："我的第一部长篇、第一部中篇、第一篇短篇都是在人文社出版的。我还是'文革'后第一个在人文社——也是在中国拿到文学稿酬的作家呢。我是从人文社进入文坛的。我在你们社里住了两年！说不定能写一本小书呢。"

此刻，我忽然记起早在 1981 年我和人文社社长严文井先生的通信中写过这个想法。现在我把这段文字找了出来——

> 我是人民文学出版社培养起来的作者。我把人文社当作

自己的母校。数年前,我是拿着一大包粗糙的、不像样的稿子走进朝内大街166号的。那时,我连修改稿子的符号和规范都不知道。是老作家和编辑们一点点教会我的。他们把心血灌在我笔管的胶囊内,让我从社里走出来时,手里拿着几本散着纸和油墨芳香的书。我有个想法,也许过十多年,或许更长的时间,我要写一个小册子,叫做《朝内大街166号》。我心里珍藏着很多感人的材料和值得记着的人物。

信中所说的"更长的时间"竟是三十年吗?怎样的情结仍然能撩动我这个陈年已久的写作想法?

不过,对这个往事当时并没说,文友们却已经猜到我"囊中有物",逼我掏出来,由此便约定写这东西了。其实当时也只是触动了一种怀旧的情怀而已,未及深思。事后一个晚上想起要写这文章,进而回过头转过身往时光的隧道里一伸脚,却"扑通"栽进自己如烟的过去,栽进过往岁月的深井,栽进一个时代。那个时代是1977年至1979年——正是整个社会和国家从"文革"向改革急转弯的时代,也是中国当代"新时期文学"崛起的时代。于是,我像白日做梦那样忽然清晰地看见了早已淡忘的人物与生活,早已淡出现实的事件;它们竟一下子流光溢彩般涌现在我的面前。那个时代的场景、气息、激情、渴望、追求、思想、名言、勇气,真诚与纯粹感,原来全都记得。在我的心底,它像历史江河一次遥远的早春的凌汛,原本死寂的封冻的冰河突然天崩地陷般地碎裂,巨大的冰块相互撞击发出惊天的轰响,黑色的寒冷的波涛裹挟着不可遏制的春意迅猛地来到人间。

我写它,已非一种怀念,已经不是初始的想法,而是为了让今天的我从中对照自己,看看自己是进步还是退步了。科学的历史不断进步,社会的历史却不一定;所以历史真正的价值是它不能被忘却;或者说历史的意义是它可以纠正现实。

这样,我便一口气半个月写成这本小书。并在此感谢朝内大街166号——是它允许我在那里住了长长的两年,使我在那个非凡的岁月里,有幸由一个"文化复兴"时代的核心地带登陆于文学。

是为序。

一、借调式写作

1977年的春天,那是"文革"后第一个春天,忽得消息说人民文学出版社的领导要从北京来天津见我和李定兴,李定兴是我第一部长篇小说《义和拳》的合作者。我听了发蒙,甚至弄不清是好事还是坏事。那年头,我从没碰过好事,全是坏事。有两件还是天塌下来一般的大坏事。一次是1966年那场全社会的十二级政治大地震——"文化大革命",我家被抄得一贫如洗,又被扫地出门;一次是1976年又一场土地爷闹的大革命——唐山大地震,邻居的烟囱砸垮我的屋顶,楼梯也掉下去了,我抱着儿子一家人死里逃生跑出来,身上只有背心裤衩。就这样,还会有什么好事轮到我?

再说,那时候人民文学出版社换块牌子就是国家文学出版社。我读过的中外名著和文学经典差不多都印着人民文学出版社的社名,它能瞧上我们这两个从未沾过"出版"边儿的在野的人物?

文学原本并不是我的理想,我从小的梦是绘画。我只是在"文革"前从事宋元山水摹古时,着迷一般地读了大量中外小说与诗歌,但都是历史经典,与当代文学不沾边;自己偶尔写点小文章发在小报小刊上,也一概都是艺术随笔之类;在写作这片世界里,我最多是边地生出的一根随处可见的野草。

六十年代末,几个画画的朋友拉我去为美术出版社的连环画组写脚本,与资深的文字编辑李定兴结识为友,闲话时聊起了都感兴趣的义和团。天津曾是义和团翻天覆地的中心,当时相距义和团事件不过六十几年,一些亲历者还活着,义和团那股子气儿还热乎乎在他们的记忆里。我俩决定用小说方式写写义和团,经过几年努力,写成之后已到了"文革"终结的1976年。这年大地震,我家房倒屋塌,这书稿是从废墟中挖出来的。地震后,我们就把稿子打印成厚厚的上下两册寄给人文社。如果说心里抱着什么希望——那只是在寄出去之前还有一点,寄出之后便没根了,一片空茫,好像没写这东西一样。

人文社要来人的消息——正是在这一片空白中出现的。

人文社做事真是有模有样有板有眼,这种事我从没经过。他们先在京津和哈尔滨三地召开座谈会,把我们《义和拳》的打印本发给与会者,请他们提意见;邀请参加座谈会的除去专业人士,要有一定比重的工农兵文学读者,他们的意见对这部书稿能否出版起关键作用。这是"文革"时期出版社通常采取的做法,在古今中外也只有当时的中国才有。据说人文社的领导就是专为听意见来天津的,也为见见我们两位作者。这位领导叫韦君宜,人文社的总编辑。

由于我不曾涉足文坛,没听说过韦君宜的大名,乃至那天她走后也没记住这个生疏的名字,只记得她的姓有点特别。

这个征求意见会由人文社小说北组副组长李景峰一手操办。

开会的地方是借一家工厂工会很简易的小会议室,二十来人围一张桌子,一多半人抽烟,桌子上两个暖壶一堆玻璃杯,有的人还在翻看书稿,进屋时都抬头打量我们,我很不自在。李景峰是一位三十多岁、皮肤有点苍白、和善又勤快的男人,东北口音,后来做了我们的二审编辑。会前他把我们介绍给韦君宜,一位矮小、瘦弱、不起眼、五十多岁的女人,尽管她没有领导派头,我却挺紧张,不知该说什么;可是韦君宜好像也紧张,话不多,很少看我一眼。只记得坐在那里等着开会的时候,问我是否读过姚雪垠的《李自成》,那是"文革"期间惟一可以出版的历史小说了。我说我读过,还说我特别喜欢《三国演义》、老舍的小说,还有巴尔扎克和俄罗斯文学,她小小又圆圆的眼睛在镜片后边闪了闪亮。

会上那些人具体说了什么我已没有印象,好像好话多,座谈会的气氛很好。散会后韦君宜有点高兴,她说你们小说的基础不错,但距离能够出版还很远,最好住到北京的人文社修改,可以得到编辑的帮助。

李定兴是天津美术出版社连环画组的组长,不能请长假,决定由我去北京的人文社改稿,修改的计划两人一起定。韦君宜对李景峰说:"那你去给冯骥才办组织借调吧。"

借调写作——现在绝没有这种写作方式了。

由于"文革"时期把所有作家全部打倒,文坛空荡荡,只有浩然的《艳阳天》和《金光大道》,终究难撑国人的文学阅读。但当时的名家全在干校里劳改,写出来的东西就是毒草,也没人敢写,更没人敢出版。出版社没有稿源,于是就从一些无名的业余作者中发现有希望的苗子,这些苗子都没有写作经验,便临时"借调"到出版社,吃住都在社里,吃的用的自己担负,住房不要钱,在编辑的帮助下修改作品,直到能达到出版要求与质量为止。但是对于渴望文学的人,能被相中选中并脱产写东西,便是无上的幸运了。当时出版没有稿费,写作也算是一种"政治任务",所以要通过组织来借调。这对于我,是不是一种"好运临头"或潜在的命运的改变?尽管当时还看不见任何的前途。

随后,我送韦君宜和李景峰去车站回北京。那时代没出租车,我们乘公共汽车,车上人多,找不到座位,只好让这位矮我两头的长辈一直挤在我身边。一路上我左顾右盼想给她找个座位,待有人起身空出座位,我们也到站了。人家老远地跑来一趟,按礼节我应请她吃点什么,可那时兜里发窘,只好引他们到劝业场后边去吃那种纯粹本地老百姓的饭食"锅巴菜"——一种带卤汁的绿豆煎饼条。这种大众的小吃店要先买竹制的饭牌,然后排队凭牌去拿饭。这天人多,座椅少,人们都是先找一个空凳子,拎着凳子排队取饭,韦君宜不懂这里的俗规,见有个空座位就坐上去,不想这座位有主儿,人家去拿筷子,桌上还放一碗刚取来冒着热气儿的锅巴菜,一见韦君宜占了座位,便大吼大叫。这人一看就是个悍妇,长相蛮横,人也厉害,韦君宜慌忙站起来躲开,她还不依不饶,将韦君宜吓得吃惊地张着嘴。我忙上去又道歉又解释,那女人嘴里依旧不干不净地叨叨。

待我给韦君宜找来凳子,取来吃的,她吃了半碗就吃不下去了。不知是不爱吃还是给吓的。我一直送他们上了火车,她也没怎么多说话。

回来之后我就犯起嘀咕,我想我把事弄砸了,干吗不请他们去个小馆吃两个炒菜?这一来说不定把人家得罪了,借调写作的事可就泡汤了。万万没想到一周后李景峰把电话打到我所在的单位,用他那种带着东北腔的高调的嗓门儿在话筒里说:"我们领导挺欣赏你,催我去你的单位办借调,我明儿就去天津。"

这社领导居然没生气,她这么好,我喜出望外,立即准备赴京。我拿到的地址是:东城区朝内大街166号——这是个什么样的地方?

二、一屋子作家

后来才知道,这里是我一生中注定要背井离乡在里边生活了近两年的地方。

一座临街的长方形灰色的大楼,一排排窗户总共五层。一进楼门两边走廊挂满白花花写满墨笔字的大字报。人一走过,大字报纸被风带得哗哗响。只有开门的地方没大字报。不过这时的大字报已经没有当初那么杀气腾腾了,都是"批判四人帮""小爬虫""打砸抢分子"之类的话语。我从中找到一扇门钻进去,一问才知小说北组和南组都在三楼。那时人文社的小说编辑室分南北两组,以长江为界,将南北两地作者分由南组和北组负责,我在北方燕赵之地的天津,自然属北组。

一进北组,靠墙一圈八九张桌子前坐着的全是老编辑,每人书桌上都堆得满满的书稿,连地上都是一摞摞用纸绳捆着的厚厚的装书稿的牛皮纸袋,边上写着书稿的名字。此后才渐渐认识了这些老编辑,有王笠耘、王洪谟、许显卿、张木兰、许庶、谢明清、邢菁子等,并知道五六十年代文学的长篇名著如《青春之歌》《三里湾》《林海雪原》等的责编竟然都是他们。他们都有相当深厚的编辑功力和文学修养。此刻,他们扭过头从不同角度瞧我,叫我有点发慌。一慌差点忘了我来找的李景峰叫什么,只用手指指这张已经认识的挺白净的笑嘻嘻的脸儿。李景峰先给我引荐了一位胖胖的和善的中年女编辑,告诉我她也是我的责编叫邢菁子,"以后你归我俩管,韦君宜是你的终审。"说完便带我到四楼西北角一间大屋子说:"你就住在这儿,这一屋人你有两天就熟了,全是作家。"

定神一看,满屋是床铺、桌子和人,有的在埋头写东西,有的聊天抽烟,有的躺着睡觉,总有十来个人,更像大车店。这些人全是生脸,也没人认得我,却有两位热情地告诉我靠窗那张床和床边一张小木桌和木椅子是我的。不一会儿李景峰就笑嘻嘻抱来一堆东西。一个竹壳暖壶和两个水杯,几本字数五百字的空白稿纸,一本《现代汉语词典》。他说:"行了,东西都齐了。你在哪儿吃,哪儿买饭票,哪儿上厕所,哪儿寄信就问问他们。你把你的窝儿归置好就开始干活吧。"

这屋里没柜子,我找个纸箱子。把从家里提来的装着衣服杂物的大书包塞在里边,放在墙角,将毛巾搭在床架上,再把另一捆资料图书打开摆在桌前,铺上稿纸,我的正式的"写作生涯"就这么十分纯粹地开始了。

李景峰和邢菁子都是训练有素的、严格得有点苛刻的编辑,尤其是景峰。他首先教给我系统的标准化的改稿符号。他每看过一页我的文稿,就会把里边所有标点错误和别字,像捉小偷一样"捉"出来,用红笔纠正,像老师批改作文,也像在警告我。那时的编辑是要和你讨论人物的,直到把人物谈活了谈深了,再由你去改,当然他不会把他的观点强加进你的作品中,但如果你写得不切确不合理不充分,他会把稿子毫不客气地打回来。我感觉他对我像在"挤牙膏"。他却笑道:"谁叫你有潜力,可是不尽力。"

记得一位美国作家对我说她的编辑更厉害,有时还会动笔删去一段甚至加上一段。我说如果你反对呢?她说我会把我的一段恢复回来或把她加上去的一段删去,我们常在稿纸上打架。我说,这很美好,你的编辑已经把你的作品当作他的作品了。我这样说,是因为我和我的编辑也是这样的关系,不过李景峰和邢菁子很少在我的稿子上添加什么。有时在稿纸边上加一句是给我看的:"怎么这个错别字又露面了?"

在人文社最受尊敬的是韦君宜和严文井,并非因为他们是"社领导",而是他们的文品与人品。他们在"文革"中都受尽折磨。有趣的是人们对韦君宜的称呼,当面郑重其事地叫她"君宜同志",背地里反倒亲切地称她"韦老太"或"老太太"。这恐怕与她的性格有关。她很低调,不苟言笑,人却耿直善良。后来读了她的《思痛集》才更深刻地了解她是个"思想性"的人物;我与她接触的这段时间里,总觉得她有一种郁郁寡欢,是不是缘自她的心正处在对国家与民族反思的痛苦中?

那时,在楼里偶尔会碰见她,她最多点点头便走过,很少说话,但她审我的稿子时用笔说的"话"却很多。她改稿的方式很特别,常常用蓝、黑、红三种颜色,先用蓝改一遍,再用黑改一遍,最后用红色圆珠笔或铅笔。这表示她是一遍遍看过的。她是终审,终审通常看一遍。我不知道她审别人的稿子是否都看好几遍?我却从中看出她对我严格的要求与刻意的帮助。那天,李景峰跑到我屋来,把五十多万字一大摞书稿往桌上一放说:"天天玩,不好好干活,老太太一看就火了,把你稿子毙了。"

我听了还真的吓一跳,再看稿子就乐了。我说:"毙了还用费这么大劲儿改？"

李景峰说："你这家伙还真鬼，要不老太太说你聪明呢。认真看看老太太那些意见，老太太说你要是看不明白就去找她。"

韦君宜的办公室在二楼楼梯旁，房间很小，桌上堆满书稿，一盏台灯，一个挺大的白瓷笔筒，里边插满笔，还有些平时随手塞进去的乱七八糟小东西。有时她要找个大头针或曲别针，便会把笔筒翻过来，将里边的东西"哗啦"全倒在桌上，从中去找。这些东西里还有牙签、眼药水、饭票、按钉、皮筋、衣扣、发卡等。但她在稿子上却一字不苟，她的心思全在稿子上。忠于文学——是她给我最深的印象，也是对我最主要的影响。

那时我的生活在人生的底线上。

洗脸没有香皂。一方块最廉价的含碱的肥皂洗衣服也洗脸。一个月用35元，余下的钱留给家用。地震后房倒屋塌无家可归，寄居朋友家，妻子上班很远，骑车一趟要40多分钟。冬天孩子放学妻子还没回来，屋里没炉火，只能在地上不停地蹦，好使身子发热。我在北京改稿，一日三餐加上两包烟，再没别的花销；吃饭时只能买价钱最低的菜，烧茄子一角，炒菠菜五分钱，菜不够吃就找师傅要一勺菜汁。有时馋得厉害就到隔壁北小街街口的小面馆，花三角五分买五两小肉面，狼吞虎咽吞下去，然后像富翁那样挺着肚子走回社里。隔一阵子，李景峰把我叫到他家，吃一顿韭菜肉馅的饺子，对于我这一顿有肉的饺子和"国宴"没什么两样。谁知道这些事怎么叫韦君宜知道了，她特批给我每月15元的补助。她肯定知道我这么大的身个，顶不住如此艰辛的脑力劳作。这使我终于可以多吃一些烧茄子，甚至一盘洋葱炒肉片了。这是救命般的支持,叫我感到一种母亲般的温暖。她和我母亲是同时代人,比我母亲小两岁。然而,她见到我却从不提这事。一次,她给我一个书单,叫我到人文社的资料室去借这几本书,有李伯元的《庚子国变弹词》、刘孟扬的《天津拳匪变乱纪事》,还有马克里希的《天津租界被围记》等等。我很奇怪,她并不研究近代史,这些很偏的书她怎么知道并读过?

在人文社四楼上那段日子虽很艰苦,但很特别,也快乐。那个时代,人很少攀比。其实人的烦恼一半是比出来的。我们那一屋子"作家",都没出过书,都有希望出书。大家来自各地,各有各的经历和故事;写东西的人都关注生活里有意味的事,都一肚子故事满脑袋杂学,于是搁下笔的时候就天南海北聊大天。记得那时我们都抽烟,我抽天津最廉价的"战斗牌"卷烟,有时天晚了,没处买烟就抽别人的,虽然都穷,没人吝啬,彼此烟茶不分家;有时写到夜里没烟抽了,就在地上拾烟头,将烟丝弄出来,撕条稿纸卷上,舌头一舔用唾液封了口,点了便抽,居然挺过瘾。这种日子这种滋味现在想再尝一尝也没有了。

四楼上还有两个编辑室,一是古典文学,一是外国文学。这两种书皆我所爱,编辑们又都有见识又有学问,有的本身就是学者或翻译家。比如矮胖胖的刘辽逸,我曾读过他翻译的托尔斯泰的《哈泽·穆拉特》,十分钦佩他译笔的干净又有韵味;还有《莱蒙托夫传》的译者孙绳武、《斯巴达克思》的译者施咸荣、《怎么办?》和《屠格涅夫文学回忆录》的译者蒋路等都学识渊博,偶与他们聊聊,他们聊起外国作家就像聊自己的老朋友,生动又快意。还有一位拉美文学编辑室的王央乐(王寿彭)给我印象很深。他身材略胖,戴一副圆眼镜,鼻子发红,人很随便,健谈。他精通西班牙和拉美文学,那时他还没有译出《博尔赫斯短篇小说集》,但他谈起《堂·吉诃德》,好像那本书是他写的。他似乎记得每一个细节。我特别喜欢听他侃外国文学。那时"文革"刚过,古典与外国的文学尚未摘下封资修的帽子,出版业务尚待恢复,却可以看到一个或高或矮或胖或瘦的人怯生生上四楼来,走进古典或外国文学编辑室,很快引起里边一阵喧哗,过后听说是哪位编辑被落实了政策,刚从什么农场返回北京上班来了。凡这种人都把制服穿得格格正正,好像假释出来的。

  我和这两个编辑室最热烈的接触是打乒乓球。那时人文社二、三、四楼走廊西端都放一张乒乓球台,逢到上下午中间休息时候,便各拿各的手拍来赛一场。游戏规则是打十一分,谁输谁下,按照先来后到排着,轮到谁就上。别看这些编辑文质彬彬,打球却各有绝招怪招。有时业余球手的球挺怪异,很难应付,尽管动作不规范,谁也不追究谁;我做过运动员,应变能力是天生的,很快就有法子克制他们,不过我不会总霸着台子,连胜两次过了瘾就故意"喂球"叫人家赢。单位里打球最大的快乐如同下棋,一边打球一边斗嘴,说说笑笑,其乐融融。

  当然,四楼的作家们也有痛苦的时候,那便是某位作家的书稿改不出来,被中止了,要卷行李回去了。这时候我们这些同屋的"伙伴"便会约上他到外边小馆喝点酒送个行,大家尽力说些宽慰的话劝劝。可是真待到这位走了,空了床,也招致一些伤感与叹息。

  其实逢到这种情况,并非这作家无能,而是一种悲剧。这里不少作家都有挺不错的写作能力,发表过一些文章或短篇,他们拿到这里修改的小说多是长篇,起笔于"文革"之中。在"文革"的文化淫威下,必需按照"文革"文学的套路写,写现实的小说必需写阶级斗争,要有一正一反两个人物,正面人物高大全,反面人物阴险狡诈,人为地制造冲突,经过反复和殊死的斗争最终以正面人物胜利告终。这种必需和政治扰在一起的公式化的写作是灾难性的。"文革"期间的政治斗争不断变化更迭,小说的正反面人物便随之更换角色,情节故事也得跟着改变,一变就得重写几十万字。一位铁岭的作家人很好,面孔黑黑,挺瘦,爱抽烟,他在林区多半辈子,生活底子厚,肚子里装满乡土故事和传奇,各种民间奇人招之即来,而且他会说故事,讲起来有声有色,也幽默;换到今天来一点魔幻说不定会是一位出色的作家。我们喜欢听他胡讲乱侃,但他这些本来是文学最重要的东西却用不上,在"文革"小说中最重要的是紧扣现实政治的主题,生活仅仅是一种"装饰材料",不能为政治服务就不能出版。致使这里一些作家多年来就是这么翻来覆去地改。正面人物今天是造反派,反面人物是走资派;明天政治风云突变,反面人物变成造反派,正面人物换成老干部。据说我到人文社之前三四年他就被借调到社里改稿。好好一个人给折腾来折腾去,整天愁眉苦脸,烟抽得愈来愈凶,脸色黯下去,他却执意不肯罢手,终于一天编辑说你别改了,现在反面人物是四人帮了,你这小说怎么也改不出来了。他只好卷包走人,后来听说他得了绝症死在铁岭。

文学也能害死一个人,这是什么文学?

冥冥中,一种荒诞了十年的文学正在等待新的时代涤荡。然而新的时代文学在哪儿呢,将会是怎样的突破,来自何方?谁也不知道。1977年夏天住在朝内大街166号的作家们大都是顺由"文革"间既定的"帮味"的思维写作,并不自觉。

三、后楼的生活

我在四楼这间大屋里住了差不多两个月,便被安排在外文编辑室对面的小房间,仍是很挤。一间长形的十五平米的房间,纵向放四张单人床四张小桌。每个人都有社交,外边的朋友常有来访,这间写作室又是公共的接待间。每逢此刻,你说你的,我写我的,互不妨碍;这样的环境把我锻炼得在街头摆张桌照旧能写作,以致后来在一些乏味又脱不开的会议上,照旧可以放开想象自由自在写我的东西,以摆脱无聊和节省时间。比如我的小说《胡子》、散文《春天最初是闻到的》等,都是在大会中忘我也"忘会"地写出来的。人文社锻炼出我"会议写作"的童子功。

天热时,儿子冯宽放暑假妻子上班,没人照看,我带他到社里来。屋里再摆不下床,我便叫儿子睡在床上,我在床边地下铺报纸睡在上边。好在暑期热,地上睡反倒凉快。白天我写东西时,韦君宜的儿子都都来找我儿子去玩。都都傻乎乎,天生有点缺心眼,十六七岁了,还像个儿童,人很善良热心,我挺喜欢他,有时买烟时带两块糖给他吃。韦君宜见他大了,怕他到社会上受欺侮,就带到班上,给他个活儿,天天给各屋送信送报,整天抱一摞报纸信件,在楼里上上下下跑来跑去;他做事特别认真,绝不会把报送错,大家也都喜欢他。我儿子当时九岁,他们却像同龄那样玩得来,天天玩得高高兴兴。一天居然弄些白纸和墨,仿照大人写大字报那样贴在四楼走廊上。我同屋一位外号叫"小佛爷"的作家对我说:"你快去看吧,你儿子写了什么?"我去一看,竟然满墙都是歪歪扭扭的墨笔字"冯骥才万岁!",把我吓坏了。"文革"后心有余悸,这几个字犯大忌,在"文革"中要坐牢的。我赶紧把这些"标语"扯下去,把儿子训得直哭。孩子一哭我反而有点难过。在这种办公楼里,爸爸整天低头写东西不理他,他能玩什么?

一天我决定带他好好玩一次,去香山!我俩乘公共汽车到颐和园,换乘44路那种车后边背着烧煤的发动机的小公共汽车到香山,在山下山上尽兴玩了一天,下午饿了,在山间小馆买两碗米饭一碟醋熘白菜,儿子看邻桌有人吃鱼,便对我说:"爸爸,咱也买条鱼吧。"我说:"咱要吃鱼可就得走回去了,咱剩下的钱只够买车票了。"儿子懂事,接着吃白菜。

儿子还是很好的伴儿。晚饭后有时和他在楼后边的院里踢踢球——那是从外文编辑室借的一个破排球。有时带着儿子,端着一盆换洗的衣服到食堂旁的水池洗衣服,洗好后回去由儿子赤脚站在床上,把衣服一件件晾在横在屋内的铁丝上。儿子把衣服晾得还挺像样。

这期间,时代的思潮微妙地起了变化,最明显的是又有几个作者书稿改不出来了,实际是判断标准变了,于是一个个打道回府,随后开始有些新面孔来了。比如叶辛、朱春雨、冯苓植、程树臻、刘亚舟等。

另一个新的变化是人文社决定在后院盖一座折尺形四层红砖小楼,一面朝北一面朝东。这座小楼的一半活儿是人文社职工自己干的。他们从很远的地方去拉砖,还在工地上帮工。我在地震时盖过多处临建,通点泥瓦,再加上那时年轻劲足,拿干活儿不当事儿,常帮他们抬沙拌灰,也就跟社里不少年轻人成了朋友。小楼很快盖成,楼下车库,楼上办公,挺漂亮。首先受惠的是作家们,很快就全部由前楼迁到后楼去了,条件也改善了,两人一间屋,我住在二楼东边朝北的216房间,新墙新窗新桌新床,一时有成仙之感。我还用高丽纸画一幅"墨荷"贴在墙上,可见心气儿之高。

此时,我和定兴的长篇小说《义和拳》已经通过三审付印。五十五万字的书稿从肩膀上一字不剩地卸下去,也像盖完一座楼的感觉。人文社似乎很给这部书使劲,请了茅盾先生用他擅长的瘦金体的字题了书名,还请上海的插图名家贺友直先生画了插图。

记得韦君宜给我看茅盾题写的书名时,在那一页不大的纸上,竟写了十几条"义和拳"。韦君宜告诉我茅盾先生说怕题不好,多写几条由我们挑。这叫我很感动,并一下触到了这位大家的品格。

此时的我精力极是旺盛,歇也没歇,马上就开始写《义和拳》的姐妹篇《神灯》了。由于时代思想禁锢放开,原先积淀我心里的天津地域的乡土生活与情怀全涌了出来,笔也顺了,我想一口气先把初稿铺出来,这样全书会有整体性,也会一气贯通,有时就一直写到很深的夜里。有一天我完全陷入小说的情节,忽然对面大楼铃响,窗户一扇扇亮起来,跟着院里又是人声又是汽车的发动机声。我以为出什么事了,扒窗往外一看,只听一个女人在院里的喊声:

"冯骥才你怎么还不睡呀,天都快亮了。"

这是编辑部办公室余维馨大姐的声音。

我忽然明白,今天人文社要全体去郊区收麦子,起早到社里来集合出发。

当时和我住同屋的是刘魁立。他来自哈尔滨的黑龙江大学,是一位理论修养深厚的文化学者,又是俄语专家,精通苏俄文学。我几乎喜欢所有俄国作家,所以同他聊得来,处成好友。他是外文编辑室请来修订《钢铁是怎样炼成的》译稿的。为人谦谦君子,十分自律,可后楼里的作家多是性情中人,随心所欲。大家在一起处久了,相互厮熟,都很随便。我个子高,到哪个房间,习惯地抬手敲几下门上边通风用的小窗(上亮子),屋里边的人便知道是我,不用他出声,我推门就进。来自部队的作家朱春雨口袋有个硬纸片,是他开门用的万能钥匙,他想进哪屋,把纸片往门缝里一插,再向上一抬,把碰锁的舌头挤进去,门便开了;我要是发现屋里一本新书不见了,一准是叫朱春雨拿走了。大家与我要好,想来便来,坐下来就胡侃。刘魁立怕打扰我,也怕人打扰他,每晚就到对面四楼上的外文编辑室工作。我们约定好,午夜十二时在窗口相互打手势询问,如果都想睡了,由上向下摆摆手他就下楼回屋睡觉。那时没电话,这种彼此探询的方式反倒深刻地留在共同的记忆里,说起想起都带来一种往日的温馨与亲切。

住在后楼里的作家各式各样,彼此最不相同的人可能就是作家,因为写作本身就是一种极端个性化的事,写作反过来又把作家们各自异化得千奇百怪。

使我三十年来一直未能忘怀的有为人敦厚的新疆作家沈凯,性情温存的云南作家陈见尧,倔犟又率直的东北作家木青,神神道道虚虚乎乎的部队诗人王群生,再一位部队作家就是刚刚提到的手里有"万能钥匙"的朱春雨,他是位绝顶聪明的人,这世界里那些看不见的"弯弯绕"他全清楚,他讲出来的故事都有滋有味全像小说;我当时认为他会写出很棒的作品,却一直没有等到他这样的东西出来。后来见到他几次,他明显带着怀才不遇甚至有点气哼哼的感觉。我总在想朱春雨缺了点什么?他缺一种思想的锐度与穿透力吗？他是那种口才好于文笔的作家吗？他囿于前一代文学思维而落伍于时代了吗？如今他已不在世，我却保存着一张稿纸，下端写着一行字"大冯的早餐"，纸上有一块油迹。那是朱春雨有幸参加一次晚宴，见猪排好吃留一块带给我。回来时见我睡了便把猪排留在案头一张稿纸上，写了这行字。那块猪排给我吃进肚子了，这写着朋友情意的带着油迹的纸给我夹在本子里。看来人的情意有时比人更长久。

还有一位留给我印象的作家是写《阿力玛斯之歌》的冯苓植。他笔下虽然狂放浩荡，人却镇定而缄默，低调中有点孤僻。他很善良，尊重别人，当然你也必需尊重他。他写作很严格，有洁癖，一页页干干净净的稿纸上，字写得端端正正；那一代作家中字写得最为精工的有两位，一位是李国文，写得比印得清晰整洁，一位便是冯苓植。冯苓植若写错了便撕掉，重写一纸；若是修改，就另写一条规规矩矩剪下来贴上，在那个没有电脑的时代，我们称这种改稿方式为"剪刀加糨糊"。我对冯苓植笑道："你是世界上用糨糊最多的作家。"还称他的手稿是纯手工的"工艺品"。他的名篇《驼峰上的爱》就是用这种"手艺"改出来的。

渐渐地，我在后楼上已经算"老人儿"了。从在四楼外国文学编辑室到一楼美编室，社里的人至少认识一半，特别是年轻人。大家常在两楼间的院里踢足球打篮球。踢足球没有球门，就拿一楼车库的铁门当球门，只要一脚把球踢在车库门上，砸得铁门"哐"地一响，就算进球。打篮球可以"正规"一些，因为院里有个篮球架，球筐离地三米多一点，还算标准。我们渐渐拉起一拨人，班间休息或中午时候就玩三人一组的"顶牛"，后来加入的人多起来，便组成一支球队，我当教练兼队长，常在中午跑到周围的机关单位比赛。人文社虽没有篮球高手,却十分卖劲儿。比如散文编辑室的刘会军,盖后楼时就属他干活不惜力气,我就叫他当后卫,盯住对方的得分手,谁想他与人较上劲时像角力,抢球像抢西瓜,真叫对方很难得分。一次我们去外交部打球,把外交部赢了,社长严文井知道后很高兴,说给人文社争了光,居然奖给球队一人一套红白相间的运动装,一双回力球鞋,背心白底红字,上边印着"人民文学出版社"七个字,穿出去很像回事儿,我是6号。这支球队一直打到那年天凉,冬天没人玩了,转年夏天,我不常在人文社,球队也就"作鸟兽散"了。

还有一件乐事是周末到工体(工人体育场)看足球赛。那时人们没把足球看成要死要活的事,只为热闹好玩。看来"快乐足球"更应该属于球迷。司机班有位姓张的司机师傅是超级球迷,天津人。工体每个周末都有球赛,张师傅有办法弄票,到周末饭后站在院子里朝我窗子,用地道的天津话一叫:"大冯,看球去了!"我便从楼梯连蹦带跳跑下来,到工体尽劲尽兴闹它两三个小时。

进入一九七八年后楼的生活有了变化,开始有了一些曾经知名的老作家住了进来。比如敖德斯尔,早在五六十年代就出版过一些小说集。那些《布谷鸟的歌声》《在遥远的戈壁滩上》等小说,使他在"文革"前就成为蜚声文坛的蒙古族作家。敖德斯尔住进来,一时成了后楼的新闻。整天神秘兮兮的王群生跑到各屋说,敖德斯尔刚刚平反摘帽,人文社要给他出新书了。不管这消息实不实,反正文坛和社会一样正在发生季节性的转机。我父亲单位已经叫我去填写家里被查抄物资的清单了,我返津时父亲所在单位还叫我去到一个巨大、黑乎乎、气息陈腐、东西堆积如山的查抄物资仓库里,去认领家中被抄的东西。我只认出一幅很小的溥心畲的山水画和一个成化款的青花瓷瓶,那是姥姥当年从济宁带到天津来的。我知道不会认出再多的东西了,因为"文革"间我家是挨抄的目标与重点,我经过的大小抄家至少二十次以上。该抄的抄,该砸的砸,早都不知去向,我也早不去想那个恍如隔世的家了。

敖德斯尔是个看上去挺朴实的人,不大爱说话,他和老伴就在我对面的房间。自从住进去,很少出来,闷在屋中写稿改稿。有时他老伴提着暖壶下楼打水,很长一段时间才看清他的长相;但天天夜里却能整夜听到他的声音——鼾声。我平生第一次听到如此大的鼾声,初听以为起大风了。后来与他老伴熟了,问他老伴耳边这么大的鼾声能睡着吗?他老伴却说,听不到他鼾声反而睡不着。转年看到人文社出版了他的电影文学脚本《蒙根花》,大概就是这期间写的。

没多久,后楼与我同层另一朝向的走廊顶头出现一个人,身材挺大,低着头戴着眼镜坐在那里看报;第二天第三天还是这样子,我很快就知道了,他是大名鼎鼎的散文家秦牧。

秦牧是我崇拜的作家。他的《艺海拾贝》《花城》是我读了多遍喜爱的作品。尤其是《艺海拾贝》,我曾将它与巴乌斯托夫斯基的《金蔷薇》一并放在床头,睡觉前拿起翻读。这两本书有某种相似,都是用联想方式在各种艺术与文学之中追寻艺术的原理。比较而言,《金蔷薇》更多在文学的感觉与灵性中求索,《艺海拾贝》则于广博的认知世界里寻觅。据说"文革"中秦牧是广东文艺界头号"黑帮",此刻他安闲地坐在这里读报,说明天下已经变了。

秦牧总是安静地坐在走廊尽头的阳光里不声不响,眉头总是皱着,不知是他尚不知如何面对变化了的世界,还是性情使然;由于他名气太大，很少有人过去与他聊天。后来知道他是来主持《鲁迅全集》的注释和出版的。不过这期间他已恢复了散文写作，一九七八和一九七九年人文社出版了他《长河浪花集》《长街灯语》等好几本集子，大约也是他住在后楼里这期间编写的。一次我妻子来看我，我提到秦牧也住在楼里。妻子爱读他的散文，很想见见他，我就领着妻子大着胆儿去拜访他。谁想他那么热情、温和与亲切，反倒使我更拘束，差点把他给我斟的一杯热茶碰翻。如果碰翻，我想直到今天回忆起来都会狼狈的。记得秦牧问我当时的写作，问我们的生活，我不记得我说了什么，至今还保存他当时送我们的一本书，是老版的《花城》，上边还签了名。

由此，每逢见到他，他都会笑眯眯。他的体态和脸型像北方汉子，皮肤也不细腻，一笑却是南方人温和的笑容。我呢？还是不愿总去打扰他，那时代的人对长辈与先辈都有点敬畏。有一次我从车站到人文社的公共汽车上，为人抱打不平而制服一个无理取闹的恶汉，不知怎么叫他知道了。他竟写进一篇散文《文坛四条壮汉》中，把我称赞一番。秦牧在后楼住得时间较长，后来不见了，大概回广州了吧。

大约一九七八年夏天，小小的后楼里各种小道消息忽然多了起来。

后楼的作家来自四方，各有各的朋友群，各种消息便纷至沓来。那时大家兴趣最大的还是谁谁谁平反，谁谁谁出席什么会了。这时候最忙的当属王群生。他常常把听说的变成眼见的，他睁着鼓鼓的大眼睛告诉你："今天我看见丁玲了。"或是"你猜我在交道口见到了谁——艾青！"如果你露出吃惊的神情一定会给他极大的满足。自然,他专摘名气大的作家说。

这时,听到一个重新出现的名家,都像隔世重生,给人们带来一种冬去春来的欢欣。当然,在说到惨死于"文革"中的老舍、傅雷、闻捷、郭小川、赵树理、阳朔、远千里等人时,不免长吁短叹。活不到黎明的人便是黑暗的牺牲品。

一天,王群生忽闯进屋对我说:"你猜谁来了,曲波!现在就坐在小说北组。不信你去看。我看见的是真的!"我去到前楼小说北组,隔着门看到我中学时代十分钦佩的小说家的侧脸,他真瘦,若在别的场合遇到他,决想不到这副身子骨能写出杨子荣来。

另一件发生在人文社的大事是一小批外国经典小说重新再版。记得有高尔基的《母亲》、果戈理的《死魂灵》、傅雷译的巴尔扎克的《欧也妮·葛朗台》、《高老头》和《幻灭》、雨果的《悲惨世界》、托尔斯泰的《安娜·卡列尼娜》、伏尼契的《牛虻》等。这些书我原先都有,都是心之所爱,抄家时红卫兵逼着我在院里全烧掉,而且限时两个小时。我的书太多,而且书页之间没有氧气烧不着,我急中生"智",把书立在地上,扇状打开,二十五本一排,烧了两小时居然烧光——原来我还是个"焚书"专家。然而没想到这些书还有"回来"的日子,看来真正毁不掉的不是物质而是精神。

到了这些新版的外国小说发售那天,我们后楼上的几个作家便把抽烟的钱都从口袋掏出来,跑到东四北大街和朝内大街交口的那家新华书店去买。书店头天晚上就在门板上贴出告示:"明天上午九时出售世界文学名著",所用的纸却只有巴掌大。虽然这些书正式出版了,但在卖这种一年多前还被列为毒草的"黑书"时,仍然不敢大张旗鼓。可是第二天早上八点到了那里,已经排了至少一百多人的长龙,九点开门,每人限购两套。我们原想买了书重新再去排队,但队伍反而增加到二百多人。人们说说笑笑,心里高兴,从"文革"过来的人精神之饥渴到达了极点,此刻的兴奋可以想见。可是,在这些新版书前的《出版前言》中,还都印着几句批判性的话语。比方在《安娜·卡列尼娜》的《出版前言》中就把列宁批评托尔斯泰"狂热地鼓吹不用暴力抵抗邪恶"之类的话搬出来,在《悲惨世界》的《出版说明》中提醒读者说"这部名著仍有消极的一面";流露出编辑部心存余悸,"文革"的厉害可想而知。

"文革"的"余威"依然在当时的生活里。

一天,李景峰到我房间来,倒背着手,笑呵呵说:"可别骄傲呵。"忽然把两本厚厚的崭新的书拿到我眼前,一晃,几个头戴红巾手舞大刀的人好像要跳出来:《义和拳》终于问世。我拿来一翻书页,带着油墨芳香的风扑到脸上。任何年轻人头一次见到印着自己姓名的新书都不会激动若狂,反而会有点不信。当时的我拿着新书只是傻笑。李景峰说要不要到办公室给你爱人打个长途?那时打长途是一种生活的小奢侈。我摇头说不要,但景峰走后我便悄悄跑到东四邮局把这顶着多年苦楚而实现的梦告诉我妻子。她在电话里半天没说话,我还以为电话断线了呢。

跟着人文社的又一个转机恰好落在我身上,就是恢复稿费。拿到第一笔稿费的是两本书的作者。一个是已经逝去的诗人郭小川,由他女儿代领;一个是我和李定兴,稿费是3300元,这笔钱在当时算得上一笔"巨款",我当时工资是55元——五级工的月薪。我到龙福寺的中国银行去取这笔钱时,柜台里的银行办事员们——胳膊上大都套着套袖——站起来看我,好像遇到一个幸运的怪物。我相信当时柜台里的年轻人恐怕没听说过稿费这个词儿。

四、一个诗人的自我拷问震动了我

七八年的春天,我个人生活出现两个变数。一个是我供职的七二一大学在教育体制出现的社会变革的躁动中被取消了,我必需回原单位去画画;我当然不愿中断刚刚起步的文学,何况天津文艺创评室在考虑调我去从事文学创作。那时期,作家协会还没恢复,老作家还没有全"归队",缺兵少员。我至今还保存着一份"申请书",以当年打球留下的"左膝关节半月板损伤"为借口,争取脱离原单位。当然,同时必需创评室接纳我,否则我离了这岸却上不了对岸,就会掉在河中间了;可那时调动工作极难极难。另一个是我原先住的那座老楼顶层的阁楼在地震中已经塌毁,房管部门为了图省事,打算削层,这一来我就真的无家可归了,我不能总寄居友人家,友人已经几次客客气气地问我那阁楼什么时候修复了,这等于催我离开。

我的人生前边有两个没底的坑。

这期间我在北京和天津之间来回跑。好在兜里有稿费,不用考虑往返京津的车票钱了。可是我的长篇《神灯》还在写着,小说情节和人物故事还在脑袋里不停地转,人却在北京天津的人文社、美术厂、房管站、创评室、落实办、地震办这些单位跑来跑去;消息时好时坏,希望时有时无。人生的每一个环节都使出吃奶的劲儿来努力争取;每一个可能都得像救命的草出现那样必需及时抓住。这中间还有个插曲,经热心的朱群雨和王群生介绍,部队一个部门的文学创作组想要我。二位好友很使力气,但是我的家庭出身成了绊脚石。"文革"虽过去,家庭出身这道红线还在,我这种"黑五类狗崽子"的帽子还拿在人家手里,天天王群生来送消息,就像气象台报天气时晴时雨。

无论什么事总会有转机。先是我住房的事现出光明,房管站答应可以不削层,但房屋修缮队人手不够,必需住户帮着干。我马上答应,自称土建的活儿多少能干一些。这便天天像上班那样到老宅子那边和工人一起干活。一边运砖、拉灰、递砖、打下手,一边给他们送茶水、让烟,陪他们闲聊。一个多月过去,简易式轻体的顶层房子盖起来了,心里踏实多了。好像鸟儿有了窝,不用再天上飞树上落,只是工作调动的事尚无头绪。

一个坑填平了,另一个坑还空着。这期间,只要有一小段时间就返到朝内大街166号,钻进后楼216室,接着写《神灯》。

就在这个阶段,文坛出现了一件极其重要的事,是刘心武《班主任》的发表。当后楼一位作家把这篇小说送到我手里,一看,立即受到了很大的震动,人文社的后楼也像受到地震那样为之震动。它不仅是当代文学从来没有过的现象,也是没有过的文学思维,这在当时是不可思议的。它带着一种非凡的思想勇气,一下子把"文革"后的文坛乃至全社会压抑着的一种巨大的能量引爆了。一个新时代的突破口出现了。每个有良心的作家都会去想文学应当做些什么,也会反观自己。

刚刚复苏的文坛还很缭乱。谁也不认识刘心武,谁都会谈到刘心武;当然,想狠批刘心武的人也大有人在。因为"文革"尚未被全面否定,"文革"的思想恐怖还像幽灵一样在空气里飘荡。

那是一个乍暖还寒的时期,严冬退去之前一定要和初至的春殊死相搏。偶尔从什么地方刮来一些寒潮,你会以为严寒仍在;一阵无形的春风又使勃勃生机来到人间。

那时开始有些作家相约聚会。我也被人拉去参加,但我初涉文学,对"文革"前文坛的人都不认得,有的只闻其名,有的不知其名,却见他们相见分外亲热,彼此紧紧拥抱,甚至惊呼起来。由于长长十年不见,不通消息,这一见如同隔世相逢。有一次,参加人文社组织的儿童文学家的聚会上,经人指点才知道主持会议的一位身体结实的女作家是柯岩。头一位被请到台上的竟然就是刘心武。他的言谈举止文绉绉,平和谦逊,爱说道理,像一位教师,和他小说锐利的文风全然不同。给我印象最深的是一位矮矮、清癯而精神健朗的老太太——冰心。我太熟悉她了,连她翻译的泰戈尔的不少诗句都能背诵。我喜欢她的文笔,干净透明,带着清灵之气。记得冰心站到台上一说,声音竟很洪亮。她说:"他们叫我坐着说,我说我个子太矮,坐着别人看不见,只好站着。"她真是风趣又爽朗,心态极好,天生的大家气质。

从1976年底至1978年,从打倒四人帮、平反昭雪、拨乱反正、落实政策、知青返乡到思想理论上的两个凡是大讨论、实践是检验真理的标准与思想解放运动等,社会发生着急剧的阴去阳来般的变化。人人关注时代关注现实关注思想;那是一个短暂的、思想激荡的、忧国忧民和满怀希望的时代。一种从生活深处涌出的社会情感与时代思潮,在寻求着文学的表达,而时代记录与心灵述说原本就是文学的本质。在那个时代,每个作家都有真切的心灵情感,都有文学的正义;当个人的遭际与国家的命运、人民的疾苦全然一致,当文学一旦摆脱文化的专制与禁锢,一定迎来一个全新的文学时期。

但自由从来不是别人的恩赐,而是自己的奋争。

一天,诗人叶文福震撼了我。

我已经记不得怎么认识叶文福的了,但一段时间我们经常来往。那时他的诗集《山恋》刚出版,还不是一位政治诗人;他率真无束与心灵赤裸的诗人天性让人喜欢。他无时无刻处在激动中。虽然他身穿军服,但好像军服与他无关。特别是在那个特定的新旧交替的时代,浓眉总是紧锁,黑黑的大眼睛闪烁着愤世嫉俗的光芒。有时他会突然"哐"地拍一下桌子,表达出心里的狂飙;有时会猛地站起来,高诵几句节奏铿锵的诗句,呼喊出胸中的垒块。诗人与作曲家往往都有神经质,但他的神经里有忧患,有不安,有时代的真知。我已经感到他会有什么诗作要像惊雷一般问世了。那便是转年发表的《将军,不能这样做》了。

我说——这天,我们几个文友在沙滩那边一个小馆聚会,啤酒喝多了,都有些冲动。叶文福忽然哭了,哭得愈来愈厉害,以至痛哭出声。后来他说他在"文革"初期当红卫兵时打了自己的老师,而且很狠。他对不起老师,后悔难当,他恨自己,恨透了自己。他猛地大声说:

"我想自杀!"

桌上的酒瓶晃倒了。

这句可怕的话是从他肺腑里喊出来的。

他红着眼睛直对我说:"大冯,你要绝对相信我——我对革命是赤诚的,就因为赤诚,我打得才特别狠!"

他受不了自己曾经的狠,不能原谅自己的狠。

当今我已见不到作家和知识分子这种自我的灵魂拷问了。

他的真诚震撼了我。他喊出那被蒙蔽和欺骗的一代在人性和社会的良知苏醒过来时内心深切的痛苦。这使我忽然想到,文革中我"秘密写作"时写过这样一个类似的故事。

我所说的"秘密写作"与《义和拳》的写作无关。这里,我必需先把自己这个非同寻常、世间罕见的写作经历写出来。它不仅属于历史和过去,更属于我的今天,属于我心中真正的文学。

五、搁 浅

大约三天后我赶回天津,从我寄居友人处的床下掏出一个纸盒,里边全是写满字的破碎的纸片、纸块和皱巴巴的纸团。这便是我"文革"间冒着掉头的危险写下的东西,我所谓"秘密写作"的"作品"。

1967年的年初,下着大雪。我当时刚结婚,住在睦南道一所西式平房后院一间很憋屈的小屋。有人敲门,开门一看竟是我的好友,他叫刘奇膺,在天津郊区黎园头中学教中文,喜欢古代诗文和中国画的理论研究;他是湖南人,一口湘腔,人很率性,酷爱吴昌硕,文章的笔调老辣。在"文革"前(1964年我22岁)我们一起写过关于大写意画的文章发表在报纸上。"文革"开始时我们断了联系。我家被抄,单位搞揭批查运动时又被矛头所指,自身难保;他是教师,肯定逃不出"革命的巨掌",彼此安危不知。这天黑夜在雪地的反光里见他竟然很瘦。我拉他进屋一说才知道他在牛棚关了半年,刚放出来,原本宽宽的脸竟折磨成一条竖线。他说他受了学生们的批斗,可悲的是,他平时最关爱、最接近的几个学生斗他斗得最狠。这几个学生不仅揭发得最致命,而且知道他有说梦话的习惯,每天晚上轮流值班坐在他床边,听他说梦话,然后用笔记下来,转天便审他这些梦话是什么意思。梦话本来是自己不知道的,话也没头没脑不成句子,学生们便逼问他,答不出就说是"反革命暗语",批斗他。就这样他夜里不敢睡觉,怕再说梦话,最后失眠得厉害,吃不下东西,胃口也坏了,人垮了。

那天——也就是从学校牛棚放出来的当天就来看我,还没有吃饭,我爱人忙给他做饭。家里没什么吃的东西,只有点剩饭,床下放鸡蛋的鞋盒里仅仅剩下一个,便给他煮碗粥,卧个果儿,倒点酱油,他吃得还挺香。那晚我俩聊得很晚,抽烟抽得凶,他忽然吐一口气把我们之间的烟吹散,我见他瞪着的双眼布满血丝,很可怕。他说:"你说将来的人怎么知道我们这代人的经历,我们的痛苦,我们所想的……"

后来我不止一次把这件事写到我的文章里,如《命运的驱使》《写作的缘起》,还有小说《雪夜来客》中。这事对我很重要。因为从这天我就开始"秘密写作"了。

我要做的事,是我把我身边的人真实的经历记录下来。在那个巨大的灾难中每个人都是一个不平常的故事。灾难对人命运千奇百怪的"创造"远远超过小说家的想象。这种写作的写实性远远大于虚构。我一拿起笔来,笔就像自己在写,但这种写作是危险的、可怕的,如同自己在为自己制造死罪的证据。它必需是绝密的,不仅绝不敢对任何人说,连自己爱人也不敢告诉。当然,所写的多半是不完整的,有时只是一些片断。我怕万一被人发现,就把所写人物换成外国人的名字,上边还刻意署上一些外国作家的名字如库普林、亨利·希曼、萨克雷等,好像是从外国小说中抄下来的,其实这纯粹是自欺欺人,倘若被发现一查对,这些作家哪里写过这样的东西?即刻露馅——完蛋!

开始一阵子我写得特别多。写成的纸片就到处藏,为了好藏把字写得很小。我将这些危险的纸片藏到院子的砖下、墙缝、烟道,还别出心裁地一层层用糨糊粘在毛主席和鲁迅的语录后边挂在墙上。可是愈写愈多就愈麻烦,而且自己愈是以为最秘密最可靠的地方,过后反觉得愈容易被发现——这是藏东西的人都有的心理。这便找出来重藏。自1966年至1969年我住在睦南道58号后院下房(佣人房),到了1970年住在前院正房的一位军管会的政委以"后院住了两个狗崽子不安全"为理由,把我们赶到长沙路思治里12号的顶层阁楼。搬家时我必需仔细地将所有秘藏的危险的纸块全找出来,然后再藏到"新居"的各个犄角旮旯。记得在找这些秘藏的纸块时,我有点神经过敏,有时一个地方翻来覆去找了好些次还不放心。

那时,经常举行一些公判大会,主要是宣判和处决一批"现行反革命"。这种公判大会多设在城市各区的体育场,搭一个台,摆一排桌,坐着宣判者。台子上放几个麦克风和大喇叭,在把犯人押上来时,通过麦克风和喇叭将犯人的"哗哗"的脚镣声放大,达到震栗全场的效果。

参加公判会的人都是各单位组织的人,一排排站在会场上。一次在天津民园体育场的公判会上,判了二十二个人,那天毙掉了大部分,只有少数是死缓。先宣布死刑犯,一个个念名字宣判,待到一个忽然变成死缓时,那个人身子一软瘫了下来。叫他活,他反而承受不了。那天被判死刑的人中就有一个罪行是写"反革命小说"。

凌汛 □

我爱人和我一个单位,她站在我前边不远,我望着她的背影心想,如果我被发现被宣判,她就要一辈子带着儿子守寡了,她会终生抬不起头、孤苦伶仃地生活,我不能毁了她!大会一散,我就回去把藏在各处的可怕的纸片翻出来,撕成碎末放在抽水马桶中冲掉。只留极少一些,用油纸卷成很细的纸棍儿,将自行车车鞍拔掉,塞到车子的立管里,自认为这是个极其绝妙的秘藏之处。

随之而来的一块心病是担心自行车的丢失。那时,我所从事的摹制古画的工作被视为"四旧"全部废止,画社的业务改为塑料印花,我做业务员,天天蹬着车四处联系业务,我必需时时留心我的自行车,万一被偷了,在别人手里发现了车管里的文字,依旧会大难临头。一天,我的车在单位门口不见了,我慌忙到处寻找,单位隔壁水果店的一位职工说叫派出所推去了,我立即吓得双腿都软了,到派出所一问,原来是街道治安纠察队为了不准自行车乱堆乱放,把车推去了。派出所的警察叫我到街道管委会去领。待我领了车回来,立即骑回家扛上楼,将车鞍拔掉,用铅丝将那些纸棍钩出来,统统认真看过,记住,然后烧掉。那一刻好像从死刑到无罪释放。晚间还买了一瓶啤酒喝庆贺"新生"。

后来我开始写《义和拳》,这样的秘密写作便渐渐远了。1976年唐山大地震中,天津也是重灾区,我邻居的烟筒砸在我屋顶上。我所住的那一排连体老楼的屋顶全都塌了。在清除地震废墟时,我忽然想到这破屋子的砖底墙缝间说不定还有当时秘藏的"秘密写作"的残余,我便不让任何人帮忙,自行清理自家废墟,完全没想到居然还从破瓦碎砖中找到整整一纸箱昔日的残稿。我想,现在那座楼的墙壁里肯定还有一些残存吧。

这期间,周总理去世,"四五"天安门事件发生,跟着毛主席也去世,未来不确定,我便没有再烧掉十年中这些极其特殊的断简残篇,全塞到一个小纸箱封存起来,但那时我并没有把它和自己的写作联系起来。

然而,叶文福打开了我这个秘藏的世界。

从北京赶回来便急渴渴把这箱残稿打开。可是,我翻遍所有纸片也没有找到当年记录下来的那个女红卫兵的悲剧故事。不知是曾被我撕掉烧掉,还是仍深藏在哪个砖底或墙缝里。这个故事是当年一位在内蒙古锡林郭勒插队的、酷爱写诗的朋友亲历的。虽然没找到原稿,那个漆黑的故事给我的感受还在心里,而且这些翻出来的残稿唤起我心底的积存——那些生活的、情感的、命运的、人性的、思考的,并一下子与当时正经历的时代的转折与觉醒,像两股激涌的洪流那样交汇一起,在我心里汹涌地翻腾起来。当年自发的秘密的写作现实难道不是出于一种历史责任?现在的反思难道不也是出于一种时代使命?一瞬间这两个时期的"责任"连成一线。当年抄我家的红卫兵——像吃了兴奋剂无比高亢、气宇昂然的模样,还有叶文福的失声痛哭,把一个时代的荒谬、一代人的遭遇摆在我面前。我感到我的心我的笔颤抖起来。那些天我陷入从来没有过的文学冲动。我几乎是来不及再去想就开始动笔写了。

动笔在当年初夏。我写得很快,也较粗,但是一气呵成的。写好就拿到人文社。我对这部小说充满信心,书稿初名《创伤》,是浓重的悲剧。写的是"文革"初期,一位怀着"阶级仇恨"和造反激情的女红卫兵,批斗中和她的"战友们"打伤致死一位女教师,事后她一边确信自己做得没错,一边总被一种罪恶感隐隐缠绕着,后

凌汛□

来插队时相爱的人正是那女教师的儿子；她所爱的人的丧母之痛唤起自己的人性、良知与自责；最后她在极度痛楚中自杀了。故事很单纯，情感却十分强烈。书稿交给李景峰，李景峰看过后说："你胆子够大呀。"那时十一届三中全会还没开，"文革"并没有被官方全面否定。但我这小说开始就有这样一段话：

在众人注目的地方，领袖挥动着巨大的、向导者那样的手臂，他把他发现的真理交给人民去实践。当一种思想被奉为法典而具有至高无上的权威时，它切确的成分会建立宏勋，谬误的成分就会化为灾难。检验它的代价无法计算。

最后一句话显然是呼应当时《光明日报》上那句著名的话"实践是检验真理的标准"。

这样的小说等于给出版社出了难题。可能为此，书稿一直在社里审查，迟迟没有说法，时期拖得很长，使我不得不暂时返回天津听候结果。八月里，卢新华的《伤痕》在《文汇报》上发表了，引起震动。我这书稿《创伤》与《伤痕》一篇名太接近，和李景峰研究后决定改名为《铺花的歧路》。开始时，这书稿还有些动静，景峰找我谈过意见之后，中间还修改过一稿，后来连"意见"也没有了。有人说如果《创伤》早早发表，说不定那个文学热潮就是"创伤文学"了。但它叫什么都与时代的文学大潮关系不大，摧毁"文革"已是全社会共同的愿望。然而，伤痕文学开始时十分艰难。《伤痕》本身就不断受到非议，对其展开批判的风声时而有之。直到年底，我的《铺花的歧路》仍搁浅在人文社，几乎陷入了无声无息，也陷入被动的等待……

我便抓紧这个时间，给那部写了近一半的长篇小说《神灯》一

221

个暂时的了结,说实话我还是很喜欢自己这部长篇的,不像《义和拳》写于七十年代,总要受"文革"思想的种种影响与扼制。写《神灯》时这种外在束缚没有了,我对红灯照的历史观可以任由自己,积淀心中的地域的生活文化也自然而然被焕发出来。可是,当我插入《铺花的歧路》的写作之后,全部身心已纵入刚刚崛起的伤痕文学的大潮之中,同时心中又不肯把《神灯》这么"半截子"地搁下,便想用《前传》的方式把已写好的半部长篇整理好出版,画个句号,将来有可能时再续写《后传》。

这期间,我时而在人文社,时而返津在家,边写边等待。

一天,我去北京办事住在人文社里,在前楼走廊上遇见当代文学编辑部的副主任孟伟哉。他说:"前些天刚刚复刊的上海《收获》的编辑李小林来北京约稿,我把你的《铺花的歧路》推荐给她。我不知你来,她已经回上海了,她会和你联系的。"跟着还说一句:"她是巴金的女儿。"

过些天,我回到天津后,一个从上海打来的电话找到我。声调很高、透亮、年轻。她说她是《收获》的编辑李小林,知道我有一部小说在北京压了许久,她要看看。我说我这小说是写"文革"的,写红卫兵运动的悲剧,可能太敏感,她说她正是要这样的小说。她的语调中有种激情,使我怦然心动,像遇到知己一般。她叫我把稿子挂号寄给她。

我马上就把书稿寄去,但我没指望能发表。因为我知道《收获》的主编是巴金,这刊物的文学标准太高,像一座山,很难上去。我还想,既然这小说在人文社能否出版一直难以确定,为什么还要"推荐"给别人?到了《收获》又会怎样?这么一想,我对自己这部小说的出路仍然没有信心。

这时的我,只觉得自己像坐在搁浅的一动不动的船上,看着大海深处不安的风浪。

六、"冯骥才是反革命了!"

很快进入十二月,李景峰的态度愈来愈奇怪,见面说话时,似乎有意避开《铺花的歧路》的话题。好像我这部小说得病了,我有点摸不着头脑,后来事情终于有了动静,乍一听可不妙。这事恰好发生在我返回天津的几天里——我不在现场。

据说这天早上,杨都都给各个办公室送报时,把报往桌上一扔,同时用他那粗嗓门傻里傻气地喊了这么两句:"冯骥才的稿子出问题了,完了,冯骥才是反革命了!"每个屋都喊这两句,这样不出两小时楼上楼下、前楼后楼就全知道了。

我是在第一时间接到了王群生的电话,听王群生说话的口气,我好像除去自首只有逃跑。

很快人们便知道了这句话后边的真相。据说当代文学编辑部几位主任在讨论我的《铺花的歧路》时,说出"冯骥才这部小说是否定文化大革命,不能用"之类的话,正巧都都进去送报听见了,然后就随口嚷嚷出来。虽说都都说的只是他当时的一种感觉,但意思并没错。那时三中全会还没开,官方只是批判四人帮,还没有全面彻底否定"文革"。于是我成了上上下下、人前人后的议论中心。据说消息传到那个曾经想要调我去的部队,人家庆幸地说多亏当初没调来。在那个各种说法飘忽不定的时期,我无法也无处表述自己的思想,便给景峰打个长途,不提这件事,只说:"你把那稿子退给我吧,我还要再改改。"李景峰问我:"你听到什么了?"我没回答。

过几天景峰来信,证实了杨都都在当代文学编辑室撞见的情况是事实。他告诉我:"老太太对这部小说评价较高。她现正出差在外地,等她回来听听她的意见吧,稿子先放在社里你别撤。外边关于这稿子的事愈传愈广,你要沉得住气。"

景峰这封信我至今还保存着。

过去我一直在文坛之外,头一次感受到文坛的存在及其难测的深浅,幸好我是在这样一个雪解冰消的时代闯进文坛的,如果在六十年代,恐怕就一头栽入深渊,万箭中身了。

此后不久,人们关切的三中全会开了,官方对"文革"错误有了明确态度。中间还过了新年和春节。春节时我特意多买了些长鞭大炮,崩崩邪气。午夜时分那些鞭炮在寒冷的夜空中炸开时,令我多少有些痛快,好像释放出了几个月来郁结心中的压抑。传统真能灵验。大年刚过,大约初六初七吧,景峰就把电话打到我居住的那条胡同的传呼电话机上。他说你来吧,先到我家来。初十有重要的事,与你有关!

我忙赶到北京,下了车直奔红星胡同的李景峰家。那时人文社不少编辑都在东城区红星胡同15号。周汝昌也住在那。

我钻进那一排排平房中只有一前一后两室相连的小屋,见到景峰,他给我几张油印的材料,很严肃地对我说:"我们社准备召开一个很大的会,是关于中长篇小说的会,很多大人物都出席,茅盾、周扬、夏衍、冯牧等好多人,据说中央领导也请了,还不知谁来。其中一个重头戏就是把我们社三部有争议的中篇拿出来请大家讨论,一篇是你的《铺花的歧路》,一篇是孙颙的《冬》,一篇是竹林的

《生活的路》。这三篇都是青年作家写的,都是"文革"题材,都有争议,孙颙和竹林都是上海的,竹林是位女作家,写的也是悲剧。争论都很激烈,反对的话说得也挺厉害,老太太说你这部小说是争论最大的,你的解决了,那两部也就解决了。再有一句话告诉你,你先不要对外人说,老太太已经请了茅盾,茅盾答应出席。会上可能还要叫你发言,你掌握好分寸,但该说的一定要说出来。"

我看了看手中的材料,除去开会通知,还有我们三篇小说的梗概,各打印在一张纸上,据说这主要是给茅盾和各位领导看的,要请茅盾和领导们发表意见。

我有点紧张,这是我进入文坛后的第一次遭遇战。虽然我并不害怕,但我没经过这种场面,乱糟糟想着各种可能,该怎么去应对各种可能的非难?

一夜没睡到天明。

七、坚硬的冰面在头顶上裂开

时间虽然过了太久,但这件事情一直没有褪色。每次从记忆里翻出来,仍如刚刚洗印出来的照片清晰光鲜。

那是我第一次参加的文学界正式的会议,也是第一次明白什么是"会议",何况这次会议意义非凡。后来,我从一本文化部理论政研室为四次文代会编写的《六十年文艺大事记》(1919—1979)上看到,人文社举办的这次"中长篇小说作者座谈会"被列入当年的重大事件之一。此次文学会议连续开了长长的一周(2月6日至2月13日),说明它所思辨与议论的问题之广之深之纠结,也说明文学从"文革"禁锢中解脱出来的艰辛。禁区、枷锁、禁锢、文艺黑线、文化专制、两个凡是、暴露文学、造神文艺、伤痕文学,以及思想解放、真理标准、时代责任、文艺春天等是会议上发烫的热词。那是一个纯精神的、思辨的、忧国忧民也忧文的会。尽管到会讲话的大人物不少,但是真正以其勇气和胆识触动我的是陈荒煤和冯牧。记得陈荒煤说:"要写'文革',就要评价'文革'"。有人讲只有等中央将来做结论,是"三七开"还是"四六开",然后再写,他不同意,他希望文学界出一批闯将,"自己怎么感受怎么评价就怎么写!"这个思想十分鲜明地从"文革"的政治钳制中跳跃出来。

冯牧一开始就说他正参加一个高层的理论务虚会。他说:"我看这是去年三中全会、中央工作会议在思想领域的继续和发展,没有任何禁区,包括对毛主席的评价、对"文革"的评价、对前一段路线的评价。"他还说:"在真理面前必需人人平等,怎么能不平等呢?否则,只能承认一个命题:权力越大,越有真理。""任何人都有发表意见的权利,费孝通说过,我有批评你的权利,但要尊重你发言的权利。我就本着真理在人人面前这句话发言。"

在这样的自我设置的思想原则下,冯牧的话语直言不讳。他说:"为什么'文革'十年里,广大人民把眼瞪着却没办法。对'文革'要评价。人民文学出版社的三个中篇我是赞成的,是能够成立的。我们要用文艺总结'文革'。这么多悲剧是人类历史上罕见的,为什么不可以写,为什么不可以控诉那些封建主义的刽子手?"

他这几句话真叫我感觉一身无形的绳索"哗啦"一下掉落地上,人立时轻了。

他还有几句话叫我记得十分清楚:"现在有人攻击我们搞'非

毛化',我们说,我们不是搞'非毛化',是搞'非神化',或者叫'正毛化'。"

这些讲话发言带着很强烈的雄辩色彩,表现着那个时代各种思想的并存与相互碰撞的现实。比如周扬讲话涉及仍被争议的卢新华的《伤痕》时,他说:"报上天天登平反冤案好不好?报上登一登不要紧,登一下就过去了,文学艺术不一样,要留下来,我们生活中这种事太多了,如果都写《伤痕》,这样的作品太多了好不好?我也想不清楚,请你们好好考虑。"

我坐在会场里听他的讲话,心想怎么可能都写《伤痕》?分明是他顾忌《伤痕》。

但这也是一种思想真实。每个人头脑中的思想齿轮都在高速转动。没有这率先的忧国忧民的思考与思辨,后边的改革开放和社会转型就不可能来得那样顺利与迅猛。此刻,我感觉自己进入了时代最富活力和魅力的中心。那次会议的所有"全体会议"都由韦君宜主持。开幕那天严文井开篇的讲话就很放得开,有的话也很大胆,与他平时给人们的温和又持重的印象完全不同。渐渐地,我明白了人文社这两位当家人举办此次会议的良苦用心——他们想冲开当时犹然覆盖在出版界精神上的锁链与坚冰;只有出版界解冻,文艺之舟才能乘风破浪。

不自觉中,会前那些疑虑与紧张离我而去。

那次会议上还真结识了不少作家,除去先前已认得的刘心武、王蒙、敖德斯尔,还有陆文夫、谌容、秦兆阳、黎汝清、王亚平、高缨等。有的作家知其作,有的知其名未识其人,有的识其人未知其作,过后才读到他们的作品。认识谌容是在座谈会上,我看到一位端庄的女子坐在对面,神情专注,一直没发言,只抽烟,两个小时的会抽了七根。散会时我对她说:"两小时抽七根太多了。"她说:"我抽烟还有人数着吗?"然后她一笑说,"我是谌容。"谌容一开始就叫我认识她沉静中锐利的一面。她是个不凡的人物。陆文夫的《小巷深处》早就读过,初见人很缄默,似乎有意和所有人拉开距离,大概与他长期经历社会的冷漠而今才刚"转世"人间有关。刚刚被"改正"而回到北京的王蒙说话是有分寸的,记得他在发言中只是讲了文艺要起到"侦察兵作用、滋润作用和精神支柱作用",以及文艺还应是"国家的文化使节"之类的话,但认真去听,老作家们身上最宝贵的东西并没被"文革"泯灭——真诚和正义。作家的发言深层的主题其实是一致的:创作的自由。此后新时期文学就凭着这些根本的东西赢得了一代的读者及其自己。

　　我在大会上先后有两次发言。第一次是主动要求上台讲的,本来我怵头会上发言,但两天过去我反而想上台。我很激动,有点坐不住,就像当年打球渴望上场。那天发言,我感觉自己特别"冲",有点莽撞,显露出处世尚浅。但此后我不再怵会上说话,正是由于在这个时代经受过锻炼。那天我针对的是"文革"的文化专制,谈的是文学民主。幸好我还保存着这次会议的简报:

　　　　这是次解放思想的会,或者说是促进思想解放的会。会议才开了一半,即已看到它显著的收效。虽然,我们提出的近十多年来大量的反常的文学现象,尚未——做出结论,但对某些问题已找到它的根由,触及到它的实质和关键。比如:文学与民主问题,作家的民主权利问题。包括,文学究竟要不要民主?这民主有没有局限?什么是作家的民主权利?怎样获得?怎样得到保证?怎样使用?

凌　汛□

"我们可以从近三十年文学史中找到民主与文学存亡相依的充分例证。'四人帮'把民主化为零,便造成文学已臻崩溃的境地。(举一个'四人帮'时期审查艺术的喜剧性的例子。)不要以为这只是笑话,喜剧。这是可怕、可悲的喜剧。比悲剧还悲剧的喜剧。真不可想象,一个有五千年文明的古国会如此荒唐愚昧;在人类进入开发宇宙的时代里,封建领主式的、中世纪的野蛮蒙昧能够统治天下。而这愚昧和野蛮居然被聪明地变出千千万万怪诞的花样。八亿人乖乖地任其摆布,任何贤能也不例外。在一个马克思主义取得胜利的国家里,忠诚于党和祖国的人民反要遭受粗暴摧残,冤案成灾。这一切,居然都曾以'革命'的名义。民主难道不是一个中心问题吗?不是一个迎头、迫切需要回答和解决的问题吗?没有政治民主,就没有文学艺术的民主。

"我最关心的不是过去,而是今后。它关系今后文学的繁荣与否,关系到文学能否成为社会前进的推动力。也就是能否真正促进四化。

"今天,作家是不是已经获得了应有的民主权利?提几个问题——自然都是对今后提的:

"作家能不能在作品中拿出个人对生活的看法、判断和独立见解?特别是在某个时期内,党对某一阶段历史中某种社会情况没有表态、没有做出结论之前,而作家本人已做出判断。能否表达出来?

"当作家的头脑中还存在矛盾,存在疑问,对某些问题还没有答案,怎么写?而作家对生活、对事物已有了很深的丰富的形象的感受,能否像托尔斯泰那样在世界观存在矛盾的情况下,真诚、坦白、无隐讳地把它表现出来?当作家感受很深的描写对象也是矛盾着的时候,能否表现?

"对两个提法发问:

"一、近来一些刊物仍在强调作家'主要描写和表现各条战线上的英雄人物'。究竟怎样理解'英雄人物'。过去'高、大、全'的解释是脱离生活而荒谬的了。英雄人物是生活中存在或可能存在的,还是'高于生活'、站在生活之上、高群众一头的呢?

"二、还有一种提法。'作家要对生活提出问题,回答问题,解决问题'。作家怎样'解决问题'?当生活本身的某些问题并未解决,矛盾依然存在时,作家是否可以只'提出问题',向读者发问,引起读者思考。要求作家对他提出的问题做出解决,是否意味着不管生活将来的结果如何,而都用说理或编造的办法人为地理想地去'解决'?

"只要作家接触现实生活又想真实地再现之时,必然要碰到这些问题。问题远不止于此。尤其'四人帮'时期发生的许许多多问题尚未总结,没有终结;今后的生活又会不断地出现新问题、新情况、新人物、新矛盾。如果真正遵循现实主义,作品来自于生活,就决不会千部一腔。每部作品必然都会接触到一个新问题,深入一个新领域。各不相同,无章可循。如果作家没有文学的民主权利,写出来也不易问世。承认作家有与党和人民对事物一起总结、一起判断、一起认识、一起探索这样一个应有的民主权利,是来自上边的一种非常重要的保证。

"我希望领导同志能按照文艺的自身规律解决这些问

题。对过时了的、不利于文学事业的条条框框,大胆破除、发扬民主,真正允许作品受社会实践检验,受人民群众检验。

"当前,民主空气强了。但我们必须充分估计到,为获得应有的民主权利还须艰苦的斗争。那就是要靠作品。用作品力争这种权利。这是繁荣文学事业的伟大的斗争,是作家们义不容辞的崇高的使命。它的意义和它同时产生的好作品一样重要。"

第二次我是被叫上台的,这天茅盾先生来了。严文井和韦君宜陪茅盾走进会场。在从我面前走过时,严文井对他说:

"这就是您给他题写过长篇小说书名《义和拳》的作者。"

可能这是他"文革"后复出第一次在这种大型的公众性的场合出现,所以掌声分外热烈。

而且,以茅公的地位与影响,在当天的讨论会上就一些有争议的问题肯定要表态,肯定是有备而来,肯定要起重要作用——所以会议的关注度极高,所有人的目光全都集中在主席台上。

在这时,韦君宜叫我上台把《铺花的歧路》讲给茅公听。韦君宜的这个想法非常好,《铺花的歧路》和另两部小说都还没有出版,没人看过怎么讨论?茅公也很难就事先为会议编写的一个千把字的小说梗概发表意见。请作者亲自讲讲小说的内容、人物与构想,便好发表意见了。

从这个事先设计好的环节来看,人文社是想找到一个突破口,借助这位德高望重人物的影响力来推动更大范围的思想解放。

我上了台真的再没有紧张感。一是我已经过一场大会发言;二是讲自己的故事再容易不过,更何况这个故事里充满我的激情和我的思考。那天我讲的比我写的精彩,所有重要的细节都没遗漏。我知道细节才是小说的关键。我居然讲得十分投入,还随着故事表述出自己的一些思考。我说在"文革"初期红卫兵抄过我的家,剪掉我母亲的头发,逼我母亲在街道跪行,还使我出现过短暂的神经错乱,但我不是从一个红卫兵运动的受难者而是从同情者角度来写这部小说的,因为他们是一代单纯的、赤诚的、深深受了欺骗的青少年。我们要呼唤他们的良知与觉醒,呼唤社会的理解与宽容,以及人性与理性的回归,把他们从不能自拔的痛苦和心灵的黑暗中拉出来。

1981年茅盾先生故去,我在一篇悼念文章《怀念茅盾老人》里曾回忆这天的情景:

> 在台上大灯的强光里,看到了他苍老而慈祥的面容,连颗颗老年痣与一脸皱痕都看得清清楚楚,头顶上那历尽沧桑而稀疏的发丝银白闪亮,他和我握手,让我坐在他身旁,却叫我面对大厅内在座的人们讲话。我一口气说了二十分钟。说话间,我时而扭头看看身边的茅公,他却一直把目光凝聚在我的脸上,仿佛在把他衰老的并不旺盛的精力全部集中在我讲话的内容里,偶尔还偏过耳朵,为了听清我每一句话……

待我讲过,茅盾先生在讲话中肯定这三部小说都"写得好,能够引起人们对'四人帮'的痛恨",他的态度很坚决。他也给我的小说提了一个意见,他说你的小说的主人公白慧不一定自杀,自杀有悲剧的力度,但情节结尾逻辑中有点勉强;主人公是在"寻求一条出路。能不能叫男主人公去找找她,两人见面,不要说话,到底怎样让读者去想"。

他不仅在思想上支持了我,还在艺术上帮助了我。

我站起来，鞠躬谢谢了他。他的意见是顺着我的人物的心理和情感，顺着小说内在的逻辑提的，而且升华了作品的内涵，扩展了小说联想的空间。我欣然接受，事后做了修改。

记得茅公的话讲完，全场热烈的掌声表达了共同的心声。灯光里，我看到韦君宜露出少有的笑容。我知道这掌声和笑容不是为了我们这三篇小说获得了一种难得而有力的支持，一种解脱，而是更大范围的思想解放的一次胜利。使我惊奇的是，茅盾先生这样一位风烛残年、体弱力衰的老人，思想与精神却是如此犀利、如此勇敢、如此前卫。比起当时文坛那些仍被"极左思潮"禁锢的人、那些被"文革"的淫威吓破了胆的人，不知强大多少倍，也叫我见识到这位"五四运动先驱者"和那一代知识分子的骨气与血气。

这时，我感到罩在头顶上那坚硬的冰层出现了碎裂。

会后转天，我便与李小林通了电话，我把中长篇小说座谈会的种种情况、茅公对《铺花的歧路》的肯定以及关于小说结尾的意见告诉她。我想这会有助于这部小说审稿时通过。没想到李小林说巴老已经看了《铺花的歧路》，肯定了这部小说，也觉得结尾不大好，生硬一些。完全没想到两位我崇敬的文学大师同时肯定我的作品，也同样地指出我的不足，所指出的竟在同一点上，我决定把结尾改好。李小林叫我修改后马上寄给她，巴老决定用在《收获》第二期上。这叫我一下子触到了《收获》鲜明的思想立场。同时感受到又一只巨大、温暖而有力的手撑在我的后背上。为什么这时真正的文学支持都来自遥远的五四？

李小林编稿相当严格，抓得又紧，很快就发稿和刊出了。"文革"后复刊的《收获》第二期是颗炸弹。与我这篇在北京搁置了至少半年的《铺花的歧路》同期刊出的,还有从维熙的重炮《大墙下的红玉兰》和张抗抗大胆的呼喊人性的短篇《爱的权利》。这期《收获》发行后,"引起了社会上强烈的反响,出现了两种截然不同的意见",《收获》编辑部收到一封发自"北京语言学院 13 楼"的匿名信。信中说:

> 人民给你们纸张,是希望你们提供好的作品,而不是要这些思想和艺术都很低劣的东西,这类东西名曰批"四人帮",其实质是向人民散播对社会主义制度的不满情绪,搞乱人民的思想。希望我们的文学不要步五十年代苏联解冻文学的后尘,希望我们的作家不要学集中营文学作者索尔仁尼琴,不要学帕斯捷尔纳克。

真没想到,我的这部小说发表前受阻击,发表后受攻击。

这封信不胫而走,很快北京文坛全知道了。人文社分别于 7 月 4 日和 7 月 26 日召开两次会,组织社内编辑讨论《大墙下的红玉兰》和《铺花的歧路》这两部中篇小说。主持人仍是严文井和韦君宜。事后,在人文社理论编辑室工作的评论家胡德培在出版局的《出版工作》(1979 年第 9 期)发一篇文章《各抒己见,求同存异》,详述这两次讨论的详情,并以"活跃了民主空气,觉得我社大有希望,不致抹杀和埋没好作品,更增强我们对事业的信心"为结束语。当时看了胡德培那篇关于"人民文学出版社两部中篇小说讨论"的纪要,更钦佩严文井和韦君宜在"拨乱反正"时期的思想坚守及其品格。

当年 11 月,人文社出版了《铺花的歧路》单行本,我请了我的好友画家沈尧伊为这本书画的插图。

这期间已经有愈来愈多的重量级的"伤痕文学"的作品问世——《天云山传奇》《剪辑错了的故事》《犯人李铜钟的故事》《枫》《神圣的使命》《被爱情遗忘的角落》《许茂和他的女儿》《灵与肉》《爬满青藤的小屋》《月兰》《将军吟》《飘逝的花头巾》《窗口》《灵魂的搏斗》《献身》《高洁的青松》等喷涌而出。每一篇的出现都带出一个不小的震动，都使一个陌生的作者的名字被众口热议，都推动着这个文学大潮——从涌动的暗流很快成为一股不可遏止的涤荡文革社会洪流。

八、凶猛的凌汛

进入七九年，我已经完全顾不上在天津的家了。除去中越战争结束时跑到云南——从昆明、个旧、开远到金平跑一趟之外，至少一半时间在北京。北京是当时全国思想解放的中心，各种思想——开放的、革新的、传统的、创新的、保守的、僵化的都在这里激烈碰撞，碰撞激活思想。各种思想都在诉说理由寻找理由，每天都会有新的概念、话语、高见、名言蹦出来。有些时候碰撞会异常激烈。由于媒体滞后，文学跑到第一线——这也是那时期文学"干预生活"的原因之一。记得一次文学界的会议上"保守"思想相当顽固，执思想解放观点的人们就把诗人叶文福请到会上"冲一冲"。叶文福在表达自己思想立场上公认是具有献身精神的。

那个时代"左"和"右"，分别指当时坚持"两个凡是"与否、思想解放与否的两种主张；老左（或左爷）和老右，是当时带有贬义的互称，还带着很强意识形态斗争的历史印记。八十年代初期我写的中篇小说《神鞭》里有一章，题目是"佐爷本事是专门揪辫子"。这"佐爷"是小说中一个日本武师佐田的外号,意在讽刺"老左"。冯牧对我笑言:"你这个佐爷的称呼还真够损的。"

这些说法在我们当今生活中早已消失,文坛不再有这样的过于激烈的思想斗争的硝烟。回过头去看,那个时代的思想碰撞不管执何种观点,都是真诚地思考并寻找着"文革"后的中国何去何从。最高层的决策者在思考,全社会特别是知识界也在思考。我说过,如果没有这一时期知识界参与的"实践是认识真理的唯一标准"的大讨论,没有全社会的思想解放,后来的改革开放就不会获得那么广阔雄厚、真诚一致的社会支持,就不会获得那样的长江大河一泻千里的气势。

1979年5月上海文艺出版社出版的一部书《重放的鲜花》,产生了重大影响。作者一律是1957年反右运动中被错划为右派的作家,如王蒙、邓友梅、陆文夫、宗璞、公刘、流沙河、刘宾雁、李国文、柳溪等,其作品一律是他们当年被定性为右派的"罪证"。用"重放"二字意味深长,表明这一代蒙冤的作家已平反解放,归队文坛。这代作家比我年长十岁左右,他们活跃的时候我只有十三四岁,我读他们的小说很少,好像只读过刘绍棠的小说,其他作家都不知道。等到二十岁后大量读文学作品时,这些人的书全禁了,人在劳改,更不知晓。在这一代作家中,我最先认识的两个人是柳溪和王蒙。

最初认识柳溪是在天津。那时《重放的鲜花》尚未出版,我没读过她的名作《爬在旗杆上的人》。她陪着上海的老编辑王肇岐来我家约稿。我家经过"文革"和大地震,连一把像样的椅子也没有,就坐在凳子和木箱上,高高矮矮围着一张小破桌说话。柳溪看上去岁数已经不小,脸色灰暗,神色疲惫,衣服和鞋子都很旧。王肇岐熟悉她曾经的写作与苦楚的身世。当我稍稍一问,她就像决口的堤坝把一肚子苦水裹挟着一大堆辛酸的往事诉说出来。在说到她当年在农场劳改时,来了例假还被迫赤脚踩在冷水里插秧时,眼泪大雨滴那样"啪啪"落到腿上。我从来没见过那么大的泪滴。

认识王蒙早在1978年,后来渐渐熟了。他大概是七九年初调回北京的吧,分配给他"前三门"——北京刚出现的高层单元楼九楼上两室一厅的一套房子,夫人崔瑞芳大姐在窗台上放一盆小花,家里散发着"新生活刚刚开始"的气息。

初见王蒙还要早一点儿,是在人文社韦君宜的那个狭窄的办公室。我已不记得去找韦君宜是什么事了,却记得王蒙坐在书桌旁一把旧沙发上。他穿一身干净的蓝制服,所有扣子都紧扣着,胸前别着一枚团徽,好像是"文革"后共青团恢复工作所召开的第一次全国性会议,他是新疆维吾尔自治区代表,正在办理调回北京的手续。他光光的脸上没有皱纹,头发像年轻人一般黑,文质彬彬戴着一副眼镜,目光温和平静,一双手放在膝头,中指刚好对着裤子的中缝,有点古板和拘谨,像学校班上的新生。后来发现,我对他"最初的印象"大出偏差,其实他骨子里有十分放达甚至浪漫的一面,这一面主要与他文学的才情相连;他还有稳健、慎重与智慧的一面,这一面多半用在他政治化的生活中。在一次文学研讨会上,他大讲叶蔚林的中篇小说《在没有航标的河流上》的写景如何深沉如何优美,因为叶蔚林的小说里有很浓郁的苏俄文学那种略带忧郁的气质,叫我领略到王蒙有很深的苏俄文学情怀与出色的口才。但王蒙不是当时伤痕文学的一员,这多半与他"文革"期间远在新疆、相对平静的经历有关。从他《在伊犁》系列和最近出版的长篇旧作《这边风景》就能看到。在那一代作家中,从维熙和张贤亮应是最具批评精神的。这当然缘自他们个人的坎坷的遭际。人的命运不能选择,每个人都有自己独自的命运与生活存在,然而这命运深刻地决定着他作品的气质、内涵与艺术个性。尽管这代人的写作与时代和国家的命运血肉相关,但同时又与个人的命运魂牵梦绕,因为文学的根终究扎在个人的心灵里。

那个时代(1977—1979)站在最前沿是伤痕文学。作家不分年龄,主要是三代作家。一代是"文革"后冲出来的,这一代作家"文革"期间都在生活底层,感受着芸芸众生的境遇与心中的苦乐悲欢,作品有鲜明和自觉的平民意识与平民情感,他们是伤痕文学的主力军;另一代是五七年遭受厄运而后复出的一代,这代人把作品的时代背景往前又拉了十年,给伤痕文学注入了反思的意义。再有便是远接五四运动的巴金和冰心。特别是巴金的《随想录》,不仅将自己的创作生命在由世纪初贯穿到世纪末,从现代贯穿到当代,还将那一代作家的良知贯穿到当代文坛。这也是巴金对现当代文学最重要的、无可替代的贡献。

至于那些革命年代与新中国时期(俗称十七年)的作家们,很少进入伤痕文学。一是可能与原有的文学观有关,一是心有余悸。记得七九年《乔厂长上任记》引起文坛争论时,我在孙犁家,见他书架上贴一纸条,写着"莫谈小说"四个字。显然那个年代文坛不是个吉祥的地方。

巴金早在1978年就开始发表《随想录》,最初在香港《大公报》上。我好像是从一位来自香港友人带来的报纸上读到的,最早读到的一篇是《怀念萧珊》,非常震撼。我见到巴老是1979年4

月,巴老去法国访问之前来到北京,我正好住在人文社。李小林约我一见。那时《铺花的歧路》已在《收获》刊出,我却没见过责编小林,只听过她的声音。小林电话里告诉我正好可以见见巴老。我特别高兴。心里的感觉有点像去"朝圣"。当时巴老住在金鱼胡同一带的和平宾馆,原以为是个讲究的地方,待到了一看,竟很破旧。然而,见到巴老的感觉却十分美好;虽然他浓重的四川口音使我听起来费劲,但还是听懂他问我当下的写作,下一步的想法,他更关切我的想法。他那时身体还很好,握手时,温暖而有力,叫我感受到他那种"透彻的真诚"。第一次见到小林,她人就像她的声音一样真率。她是不会拐弯的人。她太像她的爸爸。那天她见面就问我在写什么。我说打算写"文革"中心灵恐怖的中篇。我告诉她,我爱人现在还最怕夜里紧急的敲门声,以为又来搜查和抄家了。这是她的"文革后遗症"。我说"文革"不是肉体的折磨,而是心灵恐怖与虐杀。她当即说她约定这部小说了,叫我写好就寄给她。这便是同年刊载在《收获》上的中篇小说《啊!》。

那天一位相识的美籍华人作家包柏漪随基辛格访华,她说她非常想去见巴老。经李小林同意,叫她随我去了。那天她还带着一本英译本的《家》,请巴老签了名。可是当晚小林便把电话打到人文社找我,说巴老在我们离开后,看到包柏漪的名片,发现他签名时把人家的名字写错,将"漪"字写成"特"字,觉得特别对不住,叫我去找她把书要来,巴老要改正。

我说:"没关系,人家已兴奋至极,笔误的事常有,不会当回事的。"

小林说:"不行,我爸说写错人家名字是不尊重人,一定要改。"

我便到包柏漪的住处取了书,拿到巴老的旅店,改好再送回去。我现在还记得包柏漪收到书感动的样子。

这件事叫我领略到别人在巴老心中的位置,还有他怎么处事待人。

在巴老从法国返回北京时我又去见一次小林。小林正在和一个瘦瘦干练的中年男子结算外币。桌上散着些纸币与硬币。经李小林介绍他是巴老访法的全程翻译,法文十分好,通晓西方现代文学,也在写东西,名叫高行健。后来,他的现代戏剧《绝对信号》在北京人艺上演,闹出轩然大波,跟着他又写了一本小书《现代小说技巧初探》,出版后又闹出轩然大波。我和李陀、刘心武三人决定用通信方式推荐这本书,意在提倡文学形式与文本的创新。这一来,触到了当时尚未解除的另一个禁区,把我们也卷入很激烈的争议的旋涡。同时带来了一场形式试验甚至是一场"文本革命",当然这都是后话了。

七九年是当代文学波涛迭起的时代。一方面是伤痕文学问题小说极盛时代,一方面是蒋子龙《乔厂长上任记》发表后带来的空前的冲击波,从文学界到全社会,很少文学作品有如此强烈的社会震撼。后来有人批评这一时期的文学政治大于艺术,政治效应大于文学效应,其实这倒不如批评当时生活充满政治。正是由于那一代作家思想的无畏与锐利,正是"文革"后的全社会都想从文学这里寻找知识良心,文学才能出现那样一个异常独特的时代。

新时期文学一直是充满争议的。尤其是初期,至少一半有影响的作品都进入争鸣作品的名单。那时文坛有一个奇怪的词汇叫"突破禁区"。常说某某作品突破禁区。因为在"文革"写悲剧、写爱情、写性、写人性、写中间人物、写污点军人、写污点领导等都在被禁之列。在今天看来几乎荒唐乃至荒诞的事,那时却壁垒森严,必需顶着炮火去爆破,炸药包就是作品。尽管三中全会已经全面否定"文革",极左思潮还像春寒一样时时要把已经开冻的江面重新冻上。文学的会议往往陷入意识形态的博弈。冯牧和陈荒煤是被一些死硬和僵化的人物视做右派的首领。历史证明,他们确实是走在思想解放的前沿;往往我跑去参加某个会议,实际上是想听听冯牧或荒煤又抛出什么破冰的话语。

冯牧是被年轻作家围着的人物,他敢为一些好作品仗义执言。他本人是散文家,热爱文学,同时在文艺界位居高官,是作协的书记,知情于政坛,在意识形态斗争犹然凶险又敏感的旋涡里,他担心一些冲得太猛又富于才气的年轻作家受到伤害,担心某件事处理不当而成为极左思潮反扑的话柄而扰了大局,所以他总是忧患重重紧锁眉头,难得一笑。我最早见到他是在1978年中越战争刚刚结束时云南的开远。我和画家刘勃舒等几个年轻人在一个军队营地的食堂里,看见一个壮年人在竹林间的草地低着头踽踽独步。我们之中有人认得他,我只在人文社的中长篇小说作者座谈会听他在台上讲话,并不认识,我们过去和他打招呼,他一抬头,一脸忧郁,这忧郁的形象如同定格一样成为我对他"永远的印象"。他和我们简单说几句,看我一眼说:"你个子太高,别往边境上跑,那边还会有冷枪。"大家都笑了,他脸上还是没笑容。看上去他挺不好接近的,其实他太好接近了。

这年深秋文艺报在西苑饭店召集会议,会场不大人却很多,冯牧一脸严肃走进来。他说他刚从上海回来,讲话中他说他在上海开会时,拿到了刚出版的《收获》,晚间在宾馆里读了我的中篇小说《啊!》,受到震动。他说这是近期"文革"题材作品相当深刻的一部。他还分析了我写的那个内心残忍、善于心理讹诈的人物贾大真,然后他略沉思一下,话锋一转说:"如果小说再有一个与贾大真对抗的正义的人物,就会更有思想高度。"

散了会,乘电梯下楼的时候,评论家阎纲说:"冯牧同志的意见你不必听。'文革'中能有和贾大真这种人作对的人吗?如果加上一个正面人物,小说悲剧的力量就全完了。"

电梯里还有别人说:"生活的真实性也完了。"

我当然认为阎纲的意见对,冯牧的意见荒谬。但冯牧是懂文学的,他深知心灵的虐杀才是"文革"反人性的本质,才是小说致力挖掘的;但他身在官场,更知道我这部小说以整人的人为主角是犯忌的。所以他在表示赞成这部小说的同时,必需把另一面的话也说到了。

后来全国首届中篇小说评奖时,《啊!》最初被列为一等奖,冯牧说:"还是放在二等奖中间的位置吧,因为领导可能要翻翻看一下,只会翻一等奖的,不会翻二等奖的看,不惹眼才保险。"这样《啊!》获了二等奖。我却从中看到冯牧的用心、苦心、处境的艰难和他的文学立场。

曾见有人著文,批评新时期初期的文学政治太多。我看了觉得可笑。我想这一定是"非文革经历者"的价值判断。哪里是文学的政治多,而是生活充满了政治。二战后德国最初几年的"废墟文学"不也全部充满政治吗?像伊特·艾希的《盘点》、博歇尔特的《面包》和《大门之外》、伯尔的《无主之家》、格拉斯的《铁皮鼓》等。从大灾难后荒芜的文坛滋生出的文学,必然带着一代人的心灵的伤痕与阴影。从灾难逃生的人,最先一定是控诉苦难与谴责罪恶,而且只有身处那时代的人才知道拿起笔时,笔管里装满着什么,写出来需要怎样的内心勇气。在那个媒体相对受约束的时代,文学选择站在生活真实和时代前沿的位置。为此,文学从来没有过如此广阔和巨大的读者群,从来没有与读者出现过如此强烈的碰撞。记得当时我和一位作家交谈作品的读者效应时,都感受到一个细节常令我们感动不已——就是一些读者的信打开时会发出沙沙声;因为读者是流着泪写的信,泪滴纸上,写好折上时,纸有点粘,所以揭开时发出这轻微、令人深深感动的声音。

1979年8月我曾写过一篇文章《作家的社会职责》。我说:"作家有责任诘问社会与生活,代言于人民"。也许以今天的文学观来看,会认为这种写作是非文学的——其实是非纯文学的。但各个时代彼此不同,当底层小百姓无法表诉他们心灵的苦难,有些作家必然会以笔为其代言。再说,文学的功能多种多样,对文学功能的选择听凭作家自己,这样才会有各样不同的作品。比如1978年获奖的短篇小说中,卢新华的《伤痕》和贾平凹的《满月儿》就如枪筒与竹笛,相去千里。

当然,我们的"伤痕文学"与德国战后的"废墟文学"一样,真实又粗糙,内容大于艺术;那一代作家都是刚刚度过文化空白的"文革",没有写作准备,所表现出的先天不足势所必然;当时文学包括社会的语言环境都是苍白又僵硬,怎么会去讲究文本的创造与文字的精致?然而,它却真实地记录下人们心灵,以及时代的气息和特有的文学精神,它像历史的任何一步,都是不可复制的。但历史不走出那一步,就不会有下面的一步。

它对当时正在覆灭的"文革"起着摧枯拉朽的作用。

这一时期,我给自己的硬任务是尽快将《神灯前传》整理出来,特别是《铺花的歧路》发表后,我已进入伤痕文学的大江大河,不会再返回历史长篇的写作中。尽管由于思想的解放,《神灯》的写作与《义和拳》已有天壤之别;尽管我至今还对那个混乱、焦灼又诡秘的时代,诞生出一批顶着神佛的名义毅然站出来保家卫国的津门老少男女,心怀敬重和神往;尽管那些少女组织红灯照、寡妇的蓝灯照、中年孀妇的黑灯照和老年女子的砂锅照,至今还是谜团。但我必需先把她们放在一边。因为我心里已经有了类似巴尔扎克的《人间喜剧》那样宏大的构想,叫做《非常时代》;"文革"生活和当时的"秘密写作"留下的那些积累是我十分雄厚的写作资本。

七九年我总是在京津之间来来往往,人文社后楼有我固定的床位,我只要走进朝内大街166号大门,就像回到我的另一个"窝儿"——精神的巢。天津的文艺创评室反而很少去。我把《神灯前传》的书稿整理好交上去,邢菁子、李景峰和韦君宜三审都看过,都说比《义和拳》强太多,我便大着胆子请韦君宜写几句话作为序言,我真实的想法是作为一个纪念;纪念她恩师一般扶持我,母亲一般关爱我的身体,也纪念我对她的敬重。她答应了,写了一篇短序《祝红灯》,文章很质朴又真切,她没怎么夸赞我,我却从中感受到她对我的爱惜。

这期间,我还写了几部中短篇小说。有的短篇如《雕花烟斗》是在人文社写的,发表在人文社当时创办的大型文学期刊《当代》

上。《当代》的名字起得颇好,具有强烈的时代性,而且很快与《收获》《十月》《花城》并列为最具影响的四大文学刊物。《雕花烟斗》刊出后,编辑部一位副主任、诗人屠岸给我一封信,打开一看原来是他所写的关于《雕花烟斗》的评论。他喜欢这篇小说,可能因为小说更接近这位诗人惟美的气质。

屠岸是人文社里离我较"远"的一位。他儒雅、平和、低调,有一点孤独感。我在社里两年从未与他说过话,只是一天晚间正在楼里伏案写作,忽听有人叫我帮忙,说屠岸在办公室病倒,要马上送医院,我跑到他办公室,见他苍白、冒汗、表情很痛苦,我上去将他背在背上,那时我年轻有劲,一直跑下楼把他放在车上。他又凉又湿的头靠在我脖子上。

我读着他的评论,心想就这一位与我似乎较陌生的先辈对我的写作竟如此关切用心,我和人文社的关系已非语言可以尽述了。

在那个非凡的时代,那些人,那些生活和真情与激情永远也找不回来了。

幸好人生最美好的东西一直保存在怀念里。

九、文代会后离开了朝内大街 166 号

到了这年秋天,在人文社接到了来自天津的通知,说我作为天津文艺界的代表之一参加 11 月份北京举行的全国第四次文代会。据说将有 3000 名文艺家聚集在京。我从没有参加过这种超大规模的"全会",所认识的文艺家不多;而我的代表名额又没有被放在作家协会内,因为天津当时的老作家多,如孙犁、方纪、袁静、孙振、鲍昌、杨润身、柳溪、鲁藜等,年轻作家代表仅有两个名额是蒋

子龙和世界语诗人苏阿芒。苏阿芒是一位精通世界语的才子，"文革"被扣上"里通外国"的帽子抓起来。这罪名等同奸细，十分可怕，在牢狱里边受尽折磨，身心俱残，平反出来后，不仅行动不便，连句整话也说不成了。叫他参加会是要还他以尊严。我被放到中国民间文艺家协会的前身——中国民间文学研究会中，作为民间文学的代表。当时天津还没有民研会，却有一个民间文学的代表名额。由于我的小说《义和拳》《神灯》都与民间文化相关，便将民间文学的代表名额给了我。现在想起来，冥冥中似乎我和民间文化真的有缘。二十二年后（2001）我竟做了中国民协的主席，开始了自己人生后期与其命运死死的纠结。

然而当我走进这个会场上一看，全是生脸，台上灯光里一排排，台下黑压压一大片，没有一个熟人。后来才知道台上坐着的除周扬外，还有钟敬文、顾颉刚、贾芝这些重要的人物。老舍先生"文革"中含冤而死，郭沫若也在头一年辞世，不然都会在台上。

开会间，我稍坐一会儿就悄悄溜到作协的会场。那里毕竟认识的人多，不认识的一经介绍也就亲切地相识相谈。比如在开会前一进门就见几个人正在说说笑笑，中间有王蒙，由他介绍，这几个人是从维熙、刘绍棠、邓友梅，全是早闻其名、未曾谋面的人物。此外，还有徐迟、鲁彦舟、宗福先、马烽、苏叔阳、李准、叶君健、陈登科、张洁等。张洁穿一件深蓝色风衣，带着灵气，我喜欢她清新的文字，而且这文字像她酷爱的契诃夫那样干净，清透，充满艺术感觉。在什么地方认识的李陀记不清了。李陀有点络腮胡子，挺阳刚，很健谈与雄辩，后来与他们都成好友，与他们之间的往来与故事都在以后的几年了。

作协这边会议的兴奋点是作家们的演讲。王蒙、白桦、蒋子龙等人的演讲,把会议不断推向高潮。白桦是诗人,讲话时激情四射。蒋子龙的《乔厂长上任记》虽然在全国赢得极大反响,在自己的家乡却陷入重重困境中。记得他上讲台的第一句话好像是"我是从寒冷的冬天来到春天的温暖里",话音一落,立即得到全体作家支持的掌声。

在这里,我感到精神的空间和自由度愈来愈大。

那时的会议管理也很宽松。我到作协这边会场来,没人拦我。大家知道我是《铺花的歧路》和《雕花烟斗》的作者,对我挺欢迎,似乎我就是这边的代表;只是到了协会进行小组讨论时,我就自动撤回了。

这样,我这个"编制外"的代表便很快融入"编制内"。会上作协这边还传出个笑话说,这次作协为文代会提供了三个怪人:冯骥才——个子最高,中杰英——个子最矮,何达(香港诗人)——最耐寒,十一月还穿个短裤,而且是惹眼的白短裤。

四次文代会是文艺家时隔十多年的一次大聚会大重逢。多年不曾相见,音讯断绝,生死难料,个中的苦辣辛酸惟有自知;此刻忽然相聚,便成了会议内外处处可见的情感冲动的感人景象。作家方纪就住在我的隔壁,他"文革"受尽摧残,天性易怒,患了中风,行走困难,右手不能执笔,说话最多只能三个字。会议期间不断有人来看他,每逢此时他便会激动地发出"好——好噢!""就是——是——嘛!"的高声,这声音时不时隔墙传进我屋。我为他高兴,也为他悲伤。方纪的散文很有激情,文字很美,也有意境;他对书画也有很好的悟性。他的《桂林山水》《李可染画集序》写得颇有才情。"文革"后去看他,人已偏瘫,言语困难;他用拐杖捅捅床下叫我看。我撩开床单只见一个小破皮箱，没有扣别，一看便是当年的"抄家物资"，我给他拉出来打开一看，只有可怜的薄薄的五本小书：《来访者》《挥手之间》《不连续的故事》等，这就是他全部作品了。记得邓友梅对我说，他第一次访问日本，见到五十年代一位相识的日本作家，与他年龄相仿。时隔二十年，那人居然已出版了一小书架的作品，叫他吃惊，他当时却连一本集子还没有出版，荒唐的生活夺去了多少有才华的人的青春乃至生命。

这次大会最震动人心的是阳翰笙宣读的"向被'四人帮'迫害致死的作家艺术家致哀"书。他念了一个长长的名单，每个名字念出来都像熄灭大会堂穹顶上的一盏明灯。那名单好像有一百多位吧。我至今还记得有老舍、郭小川、闻捷、赵树里、阳朔、田汉、傅雷、董秋斯、萧也牧、柳青、邵荃麟、罗广斌、周立波、冯雪峰、马连良、裘盛戎、周信芳、盖叫天、言慧珠、尚小云、马可、顾圣婴、郑律成、崔嵬、上官云珠、焦菊隐、袁牧之、竺水招、严凤英、韩俊卿、贺天健、陈半丁、丰子恺、董希文、潘天寿、魏鹤龄、翟白音、顾而已、李少春、叶盛兰、孙维世、何其芳、沈尹默、荀慧生、远千里、魏金枝、万籁天、高百岁、冯喆、王式廓、芦芒、王老九、连阔如……还有的虽已辞世却依然被抄家批判和备受凌辱的齐白石、梅兰芳、欧阳予倩、程砚秋、徐悲鸿、傅抱石、洪深、陈之佛、常宝堃等等。那个名单远不止于此。如果没有"文革"，这些艺术家都活着，多少杰出的作品会涌现出来，中国当代文化又会是种什么样的景象？反过来说，如果"文革"不结束，台下的人便会一批批进入这个受难者的名单。

阳翰笙说："我们怀着沉痛的心情对一切被林彪、'四人帮'迫害致死的作家艺术家们表示最深切的哀悼。"然后他说"现在，我提议，全体起立，默哀！"那一刻，三千名代表全站起来肃立，黑压压一片,刚刚过去的历史上最黑暗的一幕又把我的心笼罩。人类历史上何时出现过如此大肆践踏与残害作家艺术家——真善与文明的歌者?那么——还有什么比纠正生活的荒谬更重要?在那个时代有良知的作家都知道自己的笔该写什么?

这次大会最强烈鼓舞人心的是邓小平那句著名的话:"写什么和怎么写只能由文艺家在艺术实践中去探索和逐步求得解决,在这方面,不要横加干涉。"

他那带着浓重四川口音的声音,至今我都清晰记得。对他这句话的回应是全场近一分钟的潮水般震耳欲聋的掌声。这是我几十年里听到的最长、最响、用心鼓起来的掌声。

那天从人民大会堂走出来,真有一个时代开始的感觉。

那时候是一种什么创作状态呢?有件小事至今仍然记得:一天施光南带着一个朋友来人文社看我。他已经从天津歌舞团调到中央乐团来了。他那首唱起来叫人欢乐也叫人流泪的《祝酒歌》已成为那个时代的"国人之歌"。我请他到东四一家二楼上的小馆吃饭,边吃边聊,愈聊愈尽兴。我激动地谈起我的"非常时代"的写作计划。施光南是浑身带着灵气、时时冒着旋律的人。那天他谈的最多的是他正在写的歌剧《屈原》。他时时兴奋得说不出话来,站起身离开座位来来回回走几步,再坐下来,一顿饭他这样起身七八次,人有发光的感觉,好像音乐的精灵在他身上作怪发狂。我们都处在一个控制不住自己的艺术状态。

文代会后,文学的大河不知不觉流转了。伤痕文学悄悄退去,代之而起的是改革文学的大潮。或许因为整个社会的关注转向经济生活的改变，或许来自一种人为的导向，或许由于伤痕文学将十年的积郁挥洒一尽之后，走向了更深的反思。一段时间我写了一些书信体的文章如《写人生》（给严文井）、《下一步踏向何处？》（给刘心武）、《小说创作的一个新倾向》（给吴若增）、《小说观念要变》（给李陀）等，与熟识的作家讨论要从伤痕文学和问题小说走出来的愿望。但我从来没有放弃对"文革"这一荒诞历史的追究与诘问，不管是在后来发表的一系列小说里，还是口述文学《一百个人的十年》的写作中。现在，回头去看这段文学的历史：作为新时期文学崛起的伤痕文学运动切确的时间是1977年至1979年，正为我在人文社这段时间所亲历。

此后，1979年冬天吧，我便把写作的窝儿彻底挪回天津。一是因为在津的工作和居所都已平定，我有一些写作计划要静下来想；一是因为那两年我过于兴奋、紧张、写作过多，大病了一场，必需回到家里缓一缓节奏。人文社与我的关系依然密切，严文井、韦君宜两位前辈和不少文坛朋友关切我的身体。严文井特意给我写过一封信。好友谌容、张洁、郑万隆等人都跑到天津看望我。一天，一个年轻的小伙子爬上我的阁楼，肩上扛一个西瓜，脑袋冒着汗。他说："我是《北京文学》的编辑，我们领导听说你病了派我来看你，我想总得给你带点什么来呀，就在车站给你买了个瓜。"然后他说："我叫刘恒"。

这个憨厚的年轻人就是今天这个大作家刘恒。这个感动我的细节大概刘恒早忘了，我还记着。

那时代人和人、作家之间就是这样的关系。一种今天回想起来十分怀念的纯洁的关系。

我还记得离开朝内大街彻底搬回天津时的一点细节。我用线网兜提着一个搪瓷脸盆。一般衣服书籍前些次都捎回去了,最后只剩下一个脸盆,一个带把儿的漱口杯。我在里边放上好大一捆人文社的稿纸。先去韦君宜那里道个别,敲了半天韦君宜办公室的门也没敲开,她不在,都都从走廊上跑来说他妈妈开会去了。我从兜里掏出烟来,从中拿出烟卷插在上衣口袋里,将空烟盒给了他作为纪念。他存烟标,爱烟盒如命。当天晚上景峰约我去他家吃饺子,然后返津。那时景峰和他爱人小刘对朋友最殷实、阔绰的款待,就是请到他们家吃一顿用香油调的韭菜猪肉馅的饺子。那天,从社里出来,我把网兜挂在他自行车的车把上。景峰说:"给你稿费了,干啥还拿我们社这么多稿纸?太财迷。"我说:"我用惯你们五百字的大稿纸了。四边的空儿大,好加字。"景峰笑道:"说你财迷还强词夺理。"我也笑。我确实爱用人文社这种绿格的大稿纸,一直用了差不多七八年,每到快用光了,去到北京开会或办事时候就到社里去取。什么原因使我对人文社的稿纸也如此的依赖呢?

那天晚上,我在他家着实吃了顿饺子,又说说笑笑聊一会儿,然后提着东西上路,景峰送我从红星胡同拐往南小街的街口,那情景挺像从老家出门干事,兄长送行。是呵,这一刻可是我在人文社长长的两年生活的一个句号。这句号里边包含着我人生重要转折,还有所经历的时代的转折。

离开人文社最初两年,我每去北京还习惯地去住人文社。我不习惯住旅店,一次去京参加谌容家一个小聚会——那次认识的张贤亮。他为了一首小诗《大风歌》,二十二年五次入狱,出来后不习惯坐着;那天见他时,他靠墙蹲在地上抽烟。大家笑他在牢里蹲惯了,"恶习"难改。当夜我住在东四大街金鱼胡同口的一家小店,一屋七人,多人打鼾,听了一夜的鼾声大合唱,直到天亮也没合眼。心想,下次还得去朝内大街166号,还是在那里睡得安稳。

后来一次我专门去北京国家美术馆去看罗中立的油画《父亲》,下午到人文社已无床位,景峰叫我等到下班后在小说北组编辑部用八把椅子给我拼了一张"床",抱两床被子铺在上边。椅子高矮不一,我居然也睡着了,但我睡觉时好"打把式",半夜一蹬,椅子散开,人掉在地上。这便是我在人文社"生活"的最后一个细节。

十、又短又长的尾声

进了八十年代,进而九十年代,又入新世纪,物换星移,物是人非。韦君宜、严文井二位我尊敬的先辈先后辞世,景峰竟然也早早又匆匆地驾鹤西去。我早年相识的老编辑们都已去职养老,换一些年轻的编辑如杨柳、王小平,后来她们也入中年,连当年我那球队打后卫的棒小伙子刘会军转眼间已双鬓斑白。看来不老的还是文学,因为年年都不断读到人文社的新书。然而这些不断带着书香与新意的书都是浸过新老编辑的心力才进入读者手中的——这我深知。

前些年去人文社散文编辑室看刘会军,一进人文社的老楼,一种特殊又熟稔的气息,忽然让我动了感情,我没有马上去三楼散文编辑室,而是上下楼梯,穿走廊,一扇扇门儿从身子两边掠过,真好似进了时光隧道,但是墙面刷得雪白,门漆成湖蓝色,走廊上遇到的人一个也不认得……我已找不到昨天了——昨天的别人和昨天的自己了,却分明觉得我身上有些东西是这里给的,是这里的人帮我从蹲着到站立起来,走进文学的不归路,而且正好经历了中华民族一个骤变和巨变的时期。正因为身在这里,如同在旋风的中心地带,命中注定使我把一个知识分子的使命看得分外重要,这个影响直通今天的我。

如果我当年没到朝内大街166号来,今天我一定是另外一个冯骥才。

我还想到了一件遗憾的事:我曾在人文社生活两年之久,但那时太穷,谁也没有相机,竟然没留下一张照片;那段珍贵的人生竟是一片视觉记忆的缺失与空白。待我找个时间,一定要去趟人文社,站在老楼前拍张照,留个纪念,更为了久远的记忆与怀念。

2013.8.8 一稿
2013.8.24 二稿